# 你陪着我的时候我从未羡慕过任何人

清荷诗语◎著

辽宁人民出版社

图书在版编目（CIP）数据

你陪着我的时候，我从未羡慕过任何人 / 清荷诗语著. —沈阳：辽宁人民出版社，2018.8
ISBN 978-7-205-09302-0

Ⅰ. ①你… Ⅱ. ①清… Ⅲ. ①散文集—中国—当代 Ⅳ. ① I267

中国版本图书馆 CIP 数据核字（2018）第 109037 号

---

出版发行：辽宁人民出版社
地址：沈阳市和平区十一纬路 25 号　邮编：110003
电话：024-23284321（邮　购）　024-23284324（发行部）
传真：024-23284191（发行部）　024-23284304（办公室）
http://www.lnpph.com.cn
印　　刷：北京嘉业印刷厂
幅面尺寸：145mm × 210mm
印　　张：7
字　　数：168 千字
出版时间：2018 年 8 月第 1 版
印刷时间：2018 年 8 月第 1 次印刷
策划编辑：蔡　伟
责任编辑：赵维宁
装帧设计：象上品牌设计
责任校对：吴艳杰
书　　号：ISBN 978-7-205-09302-0

---

定　　价：35.00 元

# 序

## 一窗岁月静好　一窗尘世烟火

爱情与婚姻就是两扇不同的窗，窗子里有着不相同的风景，一窗岁月静好，一窗尘世烟火。待在岁月静好里的人，羡慕婚姻里一家人幸福相伴的身影；待在尘世烟火里的人，羡慕爱情里花前月下的浪漫。

青春岁月里，曾经梦想着与这样一段爱情相遇，一位极帅的少年，手里抱着吉他，唱着三毛作词的《橄榄树》。那少年有点自负，有点不羁，然后我们遇见，在开满蔷薇花的春天遇见。那男孩会对自己一见钟情，会在这个信息化极强的年代里，写一封老情书，在人群密集的地方塞进我的衣兜里，让许多人因为这份浪漫表白都投来羡慕的目光。然后在蝴蝶飞舞的春光里，让一场盛大的爱情开放。

不求未来，不问结果，只为在这美好的青春里相爱一场。每一个少年的心里或许都有这样一个梦吧，并努力想实现这样的梦。恋爱多么美好，它是我们青春岁月里必定的故事经历，在不停向前行走的时光深处，成为岁月无法风化掉的记忆，而这些记忆如养在花里一样曼妙，如若今生再有缘与你相见，我认取你一如初见。

等自己慢慢长大，爱那个人爱到死心塌地，并义无反顾地与他走进婚姻的殿堂。才知道恋爱是两个相爱的人花前月下，你侬我侬，然后各自回家，不为柴米油盐操心，不食人间烟火的滋味。爱情是挂在花枝上的春天，时有落花至，远随流水香。而婚姻这扇窗里，当我们褪下爱情帮我们穿上的彩衣，尘世烟火的味道透过窗扑面而来。

踮着脚尖行走的爱情，放下脚跟让自己完全落在平地上的婚姻里。心踏实了，可日子却一下烦琐起来。两个人共同经历与担当着人生路上许多的辛苦与酸甜，烟熏火燎的人间烟火味道，有时候会呛得你泪流满面，并且繁华尘世间，婚姻里的诱惑永远比爱情里的诱惑要大得多。

那个对着孩子大吼、对着老公抱怨的人还是昔日那个青春靓丽、温柔体贴的自己吗？那个当初你有点破皮伤便大惊小怪，恨不得替你痛的男子，怎么变得这样不可理喻、这样对你满不在乎？是我错了，还是他变了？是他错了，还是我变了？

就这样在婚姻的殿堂里，一路磕磕绊绊向前行走着，各不相让着，在锅碗瓢盆的撞击声里，撞出一条条生活的裂痕。当你回头望着这些过往的时候，如今对伤口，却又有了一种新的理解，它不仅可以容纳疼痛，也可以容纳甜蜜，包括那些沧桑岁月、尘世繁华与冷漠也都一一被它吸纳与吞吐。

终于明白，原来婚姻也需要经营，需要彼此的理解与宽容。两个人之所以在一起，那是因为想得到彼此更多的爱，如若连起码的爱都不能给予对方，最初你嫁他娶的意义又是什么呢？终于明白，生活不是芭蕾舞，也不是交响乐，而是一本有着丰富内涵、丰富文化素养、丰富故事内容的书，你捧着它读，会越读越有感觉，越读越让自己的心胸开阔。当你的内心充满阳光的时候，曾经的那些忧伤会在阳光里落地生根，变成幸福的种子，随着春天发芽、抽枝、生长。

你不得不惊叹“缘分”这个东西真的很奇妙，由不得你不信这世间的一切都是因“缘”而定的“分”。青春里遇到那么多从你身边走过的人，有爱你的，也有你爱的，却最终都成为自己生命中的过客，而最后遇到的这个人，或许你们的爱情平淡如水，却是你愿意嫁，他愿意娶，然后你们就这样牵手一生。有争有吵，有哭有闹，走到最后的，才是那个最在意你的人。

生活与经历教会我们懂得珍惜，学会坚强。那些花前月下、风月花枝，是生活浪漫的点缀，那些实实在在、平平淡淡是烟火深处幸福的浅唱。你的心温暖向阳，你的日子便会明媚阳光。你看，窗一推，风就会来。

多么欣慰，那个与你相守的人，人生风雨里，我的故事里，你来了，就不曾走开。你的故事里，我来了，也不曾离开。这一切，都是因为爱。我们一起，把青春唱完，拥幸福到老。

# 目 录

## 第一章 / 恋上那片云

岁月静好 爱情
在时光的深处低吟 风吹来
让回家的路上 铺满翻飞的落叶
沙沙作响的日子 就斑驳在你的脚下
纵横交错的故事 最后都被那片云
洗成墨染的蓝

千回百转的陌上遇到你 / 002
彼岸花开 / 030
缘定终身之网络灰姑娘 / 043
掀帘之缘 / 078

## 第二章 / 带你去看海

今天　所有的汉字都去赶海了
灯光明灭　晨曦微露
人间一粒又一粒的烟火
在一座莲花台上打坐
生活和面包与天空的星星对视
在繁华深处　让故事盛开
对着流年朝拜


最深的烟火深处遇见你　/　108

华美的袍子上落满繁花　/　127

特别的爱，给特别的你　/　154

倾一城爱恋，许一世清欢　/　167

# 第一章 / 恋上那片云

岁月静好　爱情
在时光的深处低吟　风吹来
让回家的路上　铺满翻飞的落叶
沙沙作响的日子　就斑驳在你的脚下
纵横交错的故事　最后都被那片云
洗成墨染的蓝

## 千回百转的陌上遇到你

青春与爱情撞了一个满怀，此时你会听到，幸福牵着幸福，在极深又极浅的陌上赶路。

### 一

苏雅与莫古寒认识在同学郑多多的婚礼上，莫古寒与多多的老公是战友，作为伴娘的苏雅和伴郎莫古寒在同一张桌子上喝喜酒，在吃饭的过程中莫古寒就表示出了对苏雅的过度热情与关注，把同学和战友倒给苏雅的酒都倒进了自己的肚子里，晚上回家的时候，莫古寒主动请缨送苏雅回家，就这样他们自然而然地认识了。

在苏雅的内心里，她与莫古寒只不过是一场萍水相逢，那晚之后两个人便不会再有交集。可三天后，正在教室里给学生上课的苏雅，突然看到门卫隔着教室的窗户对苏雅招手道：“苏老师，有人找你。”

当苏雅就快走到学校门前那个大花园时，看到花园里那棵大桂树下，站着一个既熟悉又陌生的身影。正是中秋时节，桂树上刚刚盛开着米黄色的桂花，散发着浓郁的香，让整个校园都是清香的。

那身影看到苏雅走出来，便也迎向了苏雅。苏雅一边努力脑补着来找自己的人是谁，一边对走向自己的人露出礼节性的微笑。

莫古寒望着苏雅眼神里对自己的陌生和询问，没有一点儿的尴尬："苏雅，你不记得我了？我是莫古寒，你同学郑多多老公的战友。真不够义气，那天我替你喝那么多的酒，还送你回家，你竟然忘记我。"

苏雅立刻做出抱歉的表情："真对不起，那天喝得有点儿多，一时想不起来了。"

莫古寒立刻做出大度的样子道："没关系，只要今天中午你请我吃饭，我就原谅你了。"

苏雅的内心一下就笑了："怎么这么不客气，我中午还有事情，不能请你了，要不我们改天吧？"

莫古寒并未觉得这是苏雅的推辞话："那你说我们哪天？"

苏雅知道此时再拒绝就显得自己太没有礼貌了，便道："今天周三是吧，周五下午吧，周五下午我有时间。"

莫古寒开心地笑道："好，那周五我们不见不散。"

说完，他转身走出了苏雅的学校。

苏雅一下呆愣在原地，自己竟然忘记问莫古寒找自己有什么事情了，怎么就上了他的套，莫名其妙约他周五下午见呢？

苏雅掏出手机就拨通了郑多多的电话："什么情况啊？"

电话那端的郑多多被苏雅这一下问得不明所以："什么什么情况？"

苏雅："你还装蒜，我问的是莫古寒什么情况。"

郑多多："噢，这个啊，那你得问我们家锦衣卫。"

锦衣卫是郑多多的老公，因为他名字叫卫锦国，再加上他对郑多多无微不至，所以大家给他取外号"锦衣卫"。

苏雅毫不客气地对郑多多说道："让你们家锦衣卫接电话！"

郑多多："苏雅，我可给你露个实底，这莫古寒真心不错。"

苏雅："什么真心不错啊，你看他名字就怪，莫古寒，万古冰寒，一看就是个冷血动物。"

郑多多："好了，你今年都二十八了小姐，咱们班女生结婚的已经三分之二，剩下几个没有结婚的，除了你也全有对象了，你应该结束单身狗的生活了，总不能一朝被蛇咬，十年怕井绳吧。"

苏雅："要你管。"

说完，苏雅挂了郑多多的电话，她知道，和郑多多是说不出里表的。

郑多多的话却让苏雅的内心又莫名地忧伤起来，禁不住再一次回忆起自己的那五年爱情长跑，眼看要修成正果的时候，却发生了意外，自己从高三就深爱的男孩于正飞大学毕业后，却突然与另一个女孩恋爱并闪电结婚，接了那女孩爸爸的大公司，一夜之间成了富人，出国管理跨国公司去了。

爱情的美好从此在苏雅的内心画上了句号，她不再相信爱情，并拒绝爱情。想到这里，苏雅用力抚了抚自己的胸口，望着秋天瓦蓝的天空给自己加油道："苏雅，加油，你一定要过得比谁都快乐。"

## 二

苏雅周五早上去学校上班的时候本来是晴好的天气，可临放学的时候天空中却飘起了秋雨。望着同事和学生们一一被家人接走，苏雅站在学校大门前等起了公交车。风一吹，雨就会斜进公交站台的亭子落到身上，阵阵凉意吹得苏雅禁不住打了一个冷战。

此时，电话突然响起。苏雅一看是陌生人的电话，风一吹雨就落到电话的屏幕上，又想今天是周五，自己的学生全被接走了，苏雅没有接听，把电话又放进了包里。她把目光伸向公交车开来的方向，希望公交车快一点开来。可就在此时，一把雨伞落到了苏雅的头顶上：“苏雅，你让我好找，不是说好的我们周五一起吃饭吗？”

苏雅一抬头，正好与莫古寒的目光相对，苏雅急忙向莫古寒解释道：“对不起，我妈妈身体不好，我急着到火车站坐车赶回老家。”

莫古寒：“你家是哪个县的？”

苏雅：“古城。”

莫古寒惊喜不已：“苏雅，我们真有缘分，我家也是古城的。”

说话间，公交车来了，苏雅想向莫古寒挥手道别，可没想到莫古寒随着苏雅一起上了公交车：“你回老家，我也回老家，我回老家看姑姑去。”

苏雅没有再多说什么，两个人就这样一起回了古城。走出火车站，苏雅看手机时间已经是晚上八点，她没有向莫古寒道别，视他如空气一般伸手拦了辆出租车，直奔家里而去。

周一中午放学，苏雅和同事一起拿了饭盒到食堂打饭，当苏雅把饭盒递进去的时候，突然一个熟悉的声音传到了苏雅的耳朵：“苏老师，你吃什么菜？”

苏雅定睛一看掌勺师傅，差一点儿惊得下巴掉下来，但接着苏雅让自己的面部表情恢复正常：“一份米饭，半份花菜，半份辣椒炒肉。”

莫古寒把苏雅打的饭递到她的手中，接着去招呼下一位。

吃过饭刚刚走到学校花园前想散散步就回宿舍午休的苏雅，迎头就碰到了莫古寒：“嗨，苏雅，没有想到吧，我会到你们学校成为大厨，我做的饭怎么样？好吃吗？”

苏雅心里暗暗嘀咕了一句“阴魂不散”。

但她还是礼貌地回答一句道：“还行，噢，莫师傅，我要回宿舍午休了，有时间我们再聊。”

说完，她丢下莫古寒转身就走，而莫古寒却在背后对苏雅说道：“苏老师，大厨与美貌女教师的爱情就要拉开序幕。”

苏雅没有停止自己的脚步，而是在心里暗暗嘀咕了莫古寒一句“轻浮”。

她刚刚躲到床上，郑多多的电话便打了过来，苏雅望着已经睡熟的室友，急忙挂了电话走到门外又给郑多多回了过去：“亲，什么事情？这个点打电话不怕遭雷劈啊！”

郑多多：“不是急着约嘛！”

苏雅：“本姑娘午觉就这样又被活活葬送了。”

郑多多：“过桥米线馆，出你们学校门向东五百米处，不见不散。”

苏雅走进米线馆的时候，郑多多那一大碗米线已经被她吃得差不多了，看到苏雅进来，她招手对服务生道：“再来一碗。”

苏雅急忙对走到郑多多身边的服务生道："不用了，我已经吃过饭了。"

苏雅坐到郑多多的对面，满脸的抱怨："不想请人家吃饭就直说，还非得等人家吃过饭后再约。"

郑多多满脸的开心："不是想你了嘛！怎么样，莫古寒不错吧？"

苏雅："你什么意思？什么不错，对他没有感觉。"

郑多多："不相处怎么会有感觉？"

苏雅："没有感觉怎么相处？"

郑多多用眼瞪着苏雅："你是傻啊，傻啊，还是傻啊？不相处怎么会有感觉？"

苏雅不急不躁："没有感觉怎么相处？"

郑多多满脸仇恨："我猜一定是先有的鸡才有的蛋。"

苏雅满脸坏笑："先有的蛋，才有的鸡。"

郑多多："你能不能看在本娘娘身怀龙子的分儿上退让一步？有意思吗？好心当成驴肝肺，懒得理你。"

苏雅望着郑多多可爱的样子，开怀而笑，起身坐到郑多多的身边，一边用手抚摸了一下郑多多的肚子，一边问道："真的怀了龙子了？"

郑多多："你说呢？"

说完她把刚刚拿到的检验报告拍进了苏雅的手里："看看，是真是假？"

苏雅望着检验报告，开心而笑："哇，你们家锦衣卫还真是厉害。"

郑多多用真诚的目光望着苏雅："亲爱的，女人一定要在三十岁之前结婚生子，否则过了三十岁，身体的各项机能都会下降，生孩子就会老得快了。所以，为了不让身体欠佳的父母为你操心，为了自己貌美如花的青春，你必须找对象了。"

苏雅做出无奈状："你说得轻巧，那是因为你碰到锦衣卫了，我想找人家，可人家不找我啊！"

郑多多："你的嘴，就是煮熟的鸭子嘴，你自己算算，自从和于渣男分手后，这六年来你错过多少帅哥了？这于正飞也是的，之前也没有看出有多渣啊，要模样有模样，要才气有才气的，怎么就过不了金钱关啊？"

郑多多自言自语后，话题一转："不过雅雅，这莫古寒比于正飞强多了，和我们家锦衣卫是铁哥们儿，八年前复员后，没有去事业单位上班，自己创业，现在的月收入是我们家锦衣卫的二十到三十倍。"

苏雅的心猛地就痛了一下："有钱有什么了不起，我没有钱不一样活得开心快乐？”

郑多多：“有钱是没有什么了不起，可又有钱又爱你的人那就了不起了。雅雅，这个莫古寒对你可是一见钟情哈。我跟你说，错过这个村，可就没有这个店了，人家要长相有长相，要财富有财富，家庭地位也不差。”

苏雅：“这和我有一毛钱的关系吗？”

郑多多：“当然有啊，如果他以后成了你老公……”

苏雅：“下辈子吧。”

她说完起身就走：“要回学校上课了。”

郑多多背起自己的包，对已经快迈出门的苏雅喊道：“跑这么快，也不等我，我跟你说，你们学校伙房也是他承包的哈，所以我感觉你难逃魔掌了。”

## 三

离家一百公里又单身的苏雅，业余生活既简单又乏味，下午放学后，只要没有郑多多来约，一般吃过晚饭在学校操场散完步后，就基本不出宿舍门了。把学生一天的作业批改好，备好课后，就会在网络里写写自己喜欢的文字，这样的生活也正适合苏雅的性格，因为她是一个从骨子里就比较传统的女孩子。宿舍本是两人共用的，因为另一位老师已经结婚，家又在这里，所以除了中午在宿舍午休，晚上基本不在宿舍里住。

批改完作业又备好课的苏雅，来到宿舍的阳台，坐在椅子上，抬头望着墨蓝色的天空发呆，突然手里的电话突兀地响了起来，苏雅没有看电话号码而是直接接听，还没等苏雅说出那一声“喂”，电话那端就先说话了：“苏雅，是我，莫古寒，我在学校食堂呢，趁着这花好月圆的时节，出来喝两杯吧。”

苏雅：“噢，我要休息了，明天还要早起上课。”

莫古寒：“等一下，真不来啊？你不来我去找你了，你也知道，你周围住的都是单身老师，我这么帅，一敲你的门，必定引起注意，到时后果你自负哈。”

苏雅：“你敢？”

苏雅知道，这些招都是郑多多与锦衣卫教的，无奈的苏雅只好下楼向学校食堂走去。上千人的大食堂，这会儿空旷幽暗，除了几个装饰灯朦胧地开着，莫古寒只开了自己坐的那张桌子周围的照明灯。苏雅看到桌子上有两个杯子和一瓶红酒。

苏雅也不客气，直接坐到莫古寒的对面：“我让锦衣卫给你带的话带到了吧？请你以后不要再打扰我了好不好？”

莫古寒把红酒倒进苏雅面前的杯子里：“好，那你拿根绳子来吧！”

苏雅：“我拿根绳子你就不找我了？”

莫古寒：“对啊，你拿根绳子把我腿捆起来我就不去找你了。”

苏雅：“别贫，凭你的条件找个二十一二岁的美女不用愁，干吗吃饱没事干惦记我这个老姑娘啊！”

莫古寒轻举起酒杯，轻轻地和苏雅碰了一下，呷了一口酒道：“别不自信好不好，你自己没有发现吗，你的相貌美如西施？”

苏雅把杯子里的红酒一口气全倒进肚子里，然后把杯子放到桌子上：“莫冷血，我最后再跟你说一句，我们不合适，你别在我身上浪费你的大好时光。”

说完，她起身就走。莫古寒却不紧不慢地对着苏雅的背影道：“从明天开始，我要正式追求你，每天送你一束玫瑰花，你等着接花吧。”

苏雅停住脚步，转过头，狠狠地丢下两个字：“你敢？！”

可苏雅真的低估了莫古寒，他果真说到做到，每天都有花店的小伙计送花到苏雅的办公室，结果弄得办公室里的老师都知道苏雅和食堂里的大师傅谈恋爱了，并时不时和苏雅开玩笑，每当同事开玩笑，苏雅都会一本正经地对同事说：“你们不要瞎猜哈，本姑娘还没有把自己嫁出去的打算。”

虽然每束花上都有莫古寒的卡片留言，但留给苏雅印象最深，同时深深打动她心的是：“在这物欲横流的尘世，我只想谈一场干净的恋爱，遇见你，我不会放手。”苏雅的心莫名地就因为这句话忧伤了许多天，爱一个人为什么会这么难，忘记一个人更是难上加难，什么时候自己才会真正地从爱情阴影里走出来？

## 四

下午放学，苏雅让学生们排好队，然后领着孩子们走到学生接送点，等着家长来接。可在接送点等了快二十分钟，举旗的大队长程小雨的家长却还没有来，苏雅只能拉着小雨的手来到学校门卫处等孩子的家长。苏雅问小雨要了他妈妈的电话，电话虽然接通，可小雨的妈妈却在电话里对苏雅说她和小雨的爸爸临时有急事出差，会让小雨的姑夫去接小雨。

一直等了四十分钟，一辆奥迪车才匆匆停到学校门前，走下车的人让苏雅有一种时光被定格的感觉，而程小雨却欢呼着奔向那人:“姑夫，你怎么才来？”

那走下车的人也是双目直盯着苏雅愣在原地，任凭程小雨抱着自己的双腿，时光大概停留了有几十秒，那人终于回过神来:“苏雅，没想到会在这里碰到你，你在这个学校工作吗？”

苏雅对着突然出现在眼前的人机械地一笑:“你从国外回来了？”

程小雨:“姑夫，你和我们苏老师认识啊，我可喜欢我们苏老师了。”

于正飞拍了拍小雨的小脑袋:“我和你们苏老师是老朋友了。”

然后于正飞掏出手机:“苏雅，留个联系方式吧。”

苏雅蹲下身体帮程小雨整理了一下书包带子:“小雨再见，回家别忘记做老师布置的作业。”

然后她起身，走回学校大门。于正飞整个人都呆在了原地，目光直直地盯着苏雅的背影，小雨钻进车里对于正飞喊道:“姑夫，走了。”

苏雅把自己丢到床上，魂魄像是飞离了身体一般，发现那些刻骨铭心的往事，在自己内心模糊得竟然没有一件是清晰的。

此时，有好友发来微信消息的提示音，苏雅拿起手机，看到是莫古寒发来的微信:“苏雅，怎么没到食堂吃饭？怎么了，是哪里不舒服吗？”

苏雅："陪我出去喝酒吧，不醉不归，我到学校门口对面的公交站台等你。"

说完她关了微信，那端的莫古寒望着自己发出的话冷冷地落在那里："我们这算是约会吗？"

可再没有收到苏雅的回音。

莫古寒走到学校门口的时候，一眼就看到了站在公交站台的苏雅。莫古寒跑到苏雅的身边，望着满脸低落情绪的苏雅问道："怎么了，这么不开心？你说去哪里陪你喝酒吧？"

苏雅："我如果知道去哪里，还找你啊，我自己就去了。"

莫古寒的嘴角禁不住挂上了笑容："连生气都这么霸气，怎么能不让人爱到骨子里啊！"

叹息完，莫古寒对苏雅道："你等着，我让小李送车来，带你去个好地方。"

大概只用了一刻钟的时间，一辆越野宝马就停在了他们面前，从车上下来一个精干的小伙，看到莫古寒，礼貌地对他说道："莫总，车来了。"

莫古寒接过车钥匙，帮苏雅打开车门道："请，苏小姐。"

苏雅也不客气，跳上了车子。莫古寒发动车子，一路走到了城外，缓缓地停在一个种满樱桃树的山坡下，然后两个人下了车。刚刚下车，苏雅便伸展开双臂深深地呼吸了一口："这空气真新鲜啊！"

莫古寒："这座山的半山腰有一个樱桃林主人看樱桃的小草亭子，坐在里面一边看星星一边饮酒你不知道有多美好、多安静、多惬意。这可是我的秘密基地，别人我是轻易不告诉的。"

说完，莫古寒打开后备厢从里面拿出了两瓶红酒、几包零食，带着苏雅沿着蜿蜒的山路向上攀爬而去。果然在走了不到一公里的时候，他们就看到了那个茅草亭。苏雅被这茅草亭的安静和典雅深深地震惊了。没想到，在这繁华都市的一角还有这么干净的地方，包括天际苍穹都是这么幽远空旷。漫天的星星如流淌的河流，游动着银白色的光芒，那定是天际里的银河翻转的白色浪花，让苏雅看得有些痴呆，她深深地被大自然的景色迷醉了。

亭子正中间放着一个大大的树墩，变成了天然的桌子，几块大青石就是板凳，因为没有月光，让漫天的星星更加繁稠。莫古寒把几包零食拆开，红酒拧开，这才发现自己忘记带酒杯了，禁不住对着苏雅就笑了："要不我们喝恋人酒吧？忘记带酒杯了。你一口，我一口，对着吹。"

苏雅："想得美。"

说完她伸手拿过莫古寒打开的一瓶红酒："一人一瓶，谁喝不完谁不准回家。"

莫古寒："好，大气。"

苏雅喝了一大口，又拿了几块薯片塞进嘴里，然后转身把身体依到桌子上望向凉亭的外面。风从四面吹来，深秋的风让苏雅禁不住裹紧了身体。苏雅这个小动作自然没有逃过莫古寒的目光，他起身脱下自己的西装外套，披到了苏雅的肩上："有点冷吧，要不我们换个地方，这地方好是好，可风一吹真有点冷。"

苏雅："不用，难得这么清静，我们待一会儿吧，喝完这瓶酒就回去。"

说完，她对着酒瓶又喝了一大口酒。

莫古寒不无担心地说道："你能行吗？"

苏雅："瞧不起我是吧？"

莫古寒急忙摆手道："我可没这么说哈，你喝，你喝，我陪你。"

说完，他拿起另一瓶酒，正准备喝，苏雅一把抢过莫古寒的酒瓶："别想得太美，你喝酒的话，就没有人开车回去了。"

莫古寒："你？"

苏雅："我什么啊我？你想让咱们露宿荒野啊？"

莫古寒的嘴角露出一抹浅笑："能和美女一起露宿荒野，求之不得啊。"

苏雅不再搭理莫古寒，只是把酒瓶里的酒一点一点地往自己的肚子里灌，就在她快要喝下一整瓶酒的时候，手机的铃声突然响起，苏雅看是陌生号码，怕是学生家长，便接听了：“苏雅，我是于正飞，今天……”

此时的苏雅已有醉意，对着电话里的于正飞吼道：“你是于正飞有什么了不起吗？你以为我不认识你吗？”

电话那端的于正飞显然紧张了起来：“苏雅，你喝醉了，你在哪里，我去接你。”

苏雅：“我的生死与你有关吗？我在哪里为什么要对你说？”

电话那端的于正飞被苏雅噎得说不出话来：“苏雅，你两个小时前刚刚看到我，现在又喝醉，我可不可以理解成你对我还思念着、还放不下？”

苏雅：“你也太自恋了吧？你想得也太美了吧？”

说完，她狠狠地按了手机上的红键，仰起头直接就开始往下灌莫古寒的那瓶红酒。莫古寒一看事情不妙，急忙起身来到苏雅的身边，想把苏雅手里的酒夺过来。苏雅眯着眼睛对莫古寒道：“你们有钱人是不是都这样，都自以为是？”

说完，她打落莫古寒伸过来的手，把整瓶酒灌进了自己的肚子里，身体软乎乎地趴在桌子上，再不动弹。莫古寒皱起了眉头，这个看上去外表活泼、开朗的女子，总是把忧伤深深雕刻在内心，哪怕这些苦再难以下咽，也会硬生生地咽进肚子里，如果自己此生能得到这样的女孩，定会拿自己的生命来珍惜。

一阵秋风迎面吹来，莫古寒毫不犹豫地扶起苏雅，把她的一只胳膊搭到自己的肩膀上，用自己的另一只手揽住苏雅的腰，用身体抬着她一步步向山下走去。短短不到一公里的路程，莫古寒走了快半个小时才总算来到山脚下的车前。他打开车门，把苏雅放进车里，望着她斜着身子坐在车上的睡姿，莫古寒有了股一亲芳泽的冲动，这模样美丽而又干净，怎能不让看到她的男子既动心又动情？但莫古寒还是抑制住了自己的冲动，发动车子向郑多多的家里驶去。

## 五

第二天，当苏雅睁开眼睛的时候，发现自己竟然在郑多多的家里，脑袋一连转了几圈，才想起昨晚的事情。她猛地从床上坐了起来，结果就与一个人的目光一下相撞，定睛一看才知道，坐在自己床前的是莫古寒，苏雅惊讶道：“我们怎么在这里？”

莫古寒：“这要问你了，到现在我还腰酸背疼呢。”

苏雅：“真对不起啊，昨天喝多了。”

莫古寒：“看在我没有把你抛在荒郊野外的分儿上，你怎么报答我？”

苏雅：“你说吧，要我怎么报答？”

莫古寒：“要不，你干脆就以身相许吧？”

苏雅：“你想得美。”

此时，郑多多在外面喊道：“出来吃饭了，别在里面打情骂俏了，就是打情骂俏也得吃饱了再打、再骂吧。”

苏雅从床上坐了起来，可一站立，才发现这脑袋既晕又疼。她轻轻地用双手揉了一下太阳穴，才敢迈步走出卧室，和坐在沙发上喊自己吃饭的郑多多并排坐在一起，然后用手轻轻抚摸了一下郑多多的肚子：“怎么样，小家伙还听话吧？没有折磨你吧？”

郑多多：“他敢折磨我？他要是敢，等他出生了看我不打他的屁屁。”

望着郑多多幸福的模样，苏雅感觉内心既快乐又安心，这个从高一就和自己成为闺密的女人，已经在自己的生命中陪伴自己十三年之久，分享着彼此的痛苦与快乐，生命中能遇到这样的知友，应该是自己的幸福与幸运。

此时，锦衣卫已经把饭菜摆到桌子上：“亲们，看我忙的时候也不搭把手，我都把饭菜摆好了，总不能再让我一遍又一遍地喊了吧。”

众人答应了一声，一起围到了饭桌前。苏雅才刚刚拿起筷子，放在饭桌的手机响了起来，苏雅习惯性地接听，只听对面传来：“苏雅，你怎么没有上班？”

听到这声音，苏雅的心禁不住又是一疼，她冷冷地说道：“我今天请假了。”

接着她挂断了电话。

郑多多望着苏雅的表情：“哎，什么情况？”

苏雅：“头痛死了，还让不让人吃饭了？”

莫古寒丢下筷子：“我吃完了，出去给你买点水果。”

郑多多：“干吗啊，这么秀恩爱。”

莫古寒走出了家门，锦衣卫也提起包去上班。郑多多起身坐到了苏雅的身边：“出什么事了，情绪这么低落？”

苏雅：“我碰到于正飞了。”

“啊！他回来了？不是在国外吗？”

接着郑多多又生气地说道：“他什么意思，故意破坏我们安静的生活是吧，他人在哪，我去骂他，说他渣他还真渣。”

苏雅：“不说他了好吧，一提他心就痛。”

郑多多："我说你没有走出来就是没有走出来，你说你现在的生啊死啊和他有一毛钱的关系吗？人家照样过着幸福的生活，这六年来你就是用别人的幸福来惩罚自己。"

苏雅："好了，不说了好吗？"

郑多多看苏雅真的不高兴了，急忙妥协道："好，不说了，不说了。其实雅雅，你说这世上还有比我更了解你的人吗？你就是一个要么不动情，动情就是一辈子的人。我看你并没有拒绝莫古寒，要不试试吧？或许他真的就是你的真命天子呢？"

两个人说话间，莫古寒提了一大兜水果回来了。他把水果放到客厅的茶几上，然后拿了几个橘子分别放进多多和苏雅的手里："两个美女你们上午就在家休息吧，我这会儿要忙工作，记得，午饭我是一定要请的。"

莫古寒前脚才刚刚迈出大门，苏雅的手机再一次响起，苏雅一看号码，知道又是于正飞打来的，正当她生气要挂的时候，郑多多却一把抢过苏雅的手机接听了："喂，于正飞，你到底要怎样？"

电话那端的于正飞先是一愣，接着说道："你是多多吗？我想见苏雅。"

郑多多："好，两小时后月半弯咖啡屋见。"

苏雅惊呼道："我没有说要见他。"

郑多多："如果不见他最后一面，你怎么能死了这条心，怎么能结束你日日夜夜的思念，怎么会开始自己真正美好的爱情？"

说完，多多拉着苏雅来到梳妆台前，接着说道："一定要把自己打扮得漂漂亮亮的，让他知道你离开他后一直过得很好，别像个怨妇一般地去见他。"

## 六

当走进咖啡屋的苏雅一眼望到站起来迎接她和多多的于正飞时，心还是莫名其妙地激动和疼痛起来。她以为六年的时间足够让自己放下一切，可此时此刻她相信多多的话了，是的，自己没有放下，没有真正地放下，此时的自己，心里全是满满的恨意。

郑多多毫不客气地坐到了于正飞的对面："于富豪，我想吃这里的提拉米苏，想喝酸梅汤，想……"

多多一口气把这个店里好吃的甜点和好喝的酒水点了一个遍。

从苏雅走进咖啡屋，于正飞的眼睛就再没有离开她的脸庞。郑多多看到于正飞失态了，伸手在他的眼前晃了一下："于富豪，听到我说话没有？"

于正飞这才回过神来：“好，你喜欢什么，就点什么。”

郑多多话里有话地说道：“哇，还是有钱人大气，想当初你是穷酸书生的时候，还老用苏雅的饭卡呢。”

苏雅悄悄用胳膊碰了多多一下。

多多：“你碰我干什么，嫌我说多了？好，我闭嘴不说了，你们说。”

说到这里，郑多多越想越气：“好了，我也不想给你们当电灯泡了，你们之间的事情，我在这里瞎操什么心，本娘娘先告退了。”

说完，她也不等苏雅反应过来，抓起包就独自离开了。

苏雅一时没有了主见，起身也想跟着多多出去，结果手却被于正飞一把抓住：“你还不知道她的性格？她是故意离开，让我们两个在一起的。”

被于正飞一下抓住手，苏雅心里一惊，急忙从于正飞的手中抽出自己的手，两个人又坐了下来。昔日多么熟悉的两个人，当再面对的时候，却彼此生疏了起来。苏雅轻轻搅着面前的咖啡，不知如何先开口说话。

于正飞望着苏雅的样子，往日两人在一起的快乐时光在自己的内心掀起了巨浪，他不知道自己为什么会鬼迷心窍，怎么会选择离开自己挚爱的女子。于正飞目光痴痴地望着苏雅："苏雅，这些年，你过得好吗？"

苏雅轻轻地点了点头："还好。"

于正飞："我过得不好。"

于正飞的直接让苏雅禁不住把目光抬了起来，于正飞望着苏雅眼睛里询问的目光："对不起！苏雅，千错万错，都是我的错，爱情不是金钱能买得到的，今生，你才是我唯一深爱的人。"

苏雅听着于正飞直接的表白，嘴角突然露出了一抹讥讽的笑："呵呵，是不是被钱烧坏脑袋了？"

于正飞显然被苏雅的话刺激了，他激动地伸出手拉住了苏雅的手："苏雅，别用这样的目光看我，你知道的，我爱你，深深地爱你。"

苏雅的心突然苦涩了起来："于正飞，你不觉得，你现在说这样的话非常不合适吗？你已经成为人夫、人父。"

于正飞："我知道，我现在没有资格说这些，可苏雅，这些年我过得并不快乐，我现在的妻子任性、偏执，我真的好累、好累。"

苏雅："这是你的选择，与我有什么关系吗？"

于正飞："只要你愿意，我可以抛弃现在的一切，让我们一起回到从前可以吗？”

苏雅的心痛得都快起褶子了：“你以为，我们还能回到从前吗？”

于正飞：“当然可以，只要你愿意，苏雅，现在我有钱了，你可以不用上班，我给你买大房子，每月给你足够的钱。”

苏雅突然笑了起来，笑得眼泪都流了出来：“哈哈，于正飞，我终于明白你的意思了，你是不是认为你有钱了，就可以包养我了？”

于正飞：“雅雅，不要说得这么难听好不好，你永远是我的精神支柱，没有你，我的寂寞永远比金钱多。”

苏雅的心突然明朗了起来，她止住自己的泪水，起身端起咖啡泼在了于正飞的脸上：“谢谢你，让我放下这六年的心结，原来知道你卑鄙，但不知道你卑鄙到这种程度。”

于正飞望着苏雅离开的背影，有眼泪从眼眶流出，他拨通了郑多多的电话：“多多，你的目的达到了。可你知道我有多心痛吗？我都给你说我的离婚手续已经快办好了，为什么不让我追求她？”

多多：“你应该比我更了解雅雅吧？你心里也清清楚楚地知道你们不能回到从前了，雅雅更不会再与你重新开始。这些年，她不是对你放不下，而是怕被伤害，怕了爱情，你已经伤过她一次，还想再伤她第二次吗？谢谢你的放手，彼此祝福吧，祝你也早日找到属于自己的爱情。”

## 七

苏雅刚含着眼泪走出咖啡屋，便被一个人拉到了车上。然后他发动车子，转脸望着苏雅道:“这么漂亮的女孩子，大白天在路上哭，一定会引起坏人的注意的。”

苏雅听到熟悉的声音，一下回过神来，一边吸着鼻子，一边生气地说道:“要你管，快停车，我要下去。”

莫古寒:“我未娶，你未嫁，我为什么不能管？”

莫古寒也不停车，直接回答苏雅道。苏雅知道莫古寒铁了心不让自己下车了，她索性让自己舒服地依靠在车座上，闭着眼睛不再说话。

当被莫古寒叫醒的时候，苏雅发现他们已经到了郊外的樱桃林。苏雅跳下车就直奔那个小草亭，然后坐到大树墩上，拿起手机来看。

莫古寒:“跑这么快，不是昨天烂醉我扶你下山的时候了。”

苏雅没有搭理莫古寒。莫古寒坐到苏雅的身边:“苏雅，从我们认识我就开始追求你，屈指算来也有三个多月了吧，你就是一块石头也应该被我的热情焐热了吧，你怎么对我的感情无动于衷呢？”

莫古寒望着苏雅，他以为苏雅会抬起头来与他四目相对。可苏雅连头也没有抬："你贱不贱啊？"

莫古寒："男人不贱，女人不爱。"

苏雅拿起自己的手机，放到莫古寒的眼前，指着一则腾讯新闻的动态："真想和我好，那你看看，你能贱到这种让女朋友遛的程度吗？"

莫古寒一看苏雅打开的这条信息，一下就笑了："不就是想当野蛮女友，拴上绳子让你遛一圈吗？只要你答应和我交往，这又有什么呢？"

苏雅："真的假的？"

莫古寒："当然真的，我们这就去，我一分钟也等不及了。"

说完，莫古寒拉起苏雅的手就往山下跑，两个人坐到车上后，莫古寒还在不确定地问道："苏雅，你真的说话要算数啊？"

苏雅："真的这么喜欢我吗？喜欢到没有底线？"

莫古寒："苏雅，你知道吗？自己的幸福自己知道，自己想要什么，自己心里有数，所以我深信，我爱你，你就是我今生认定的爱。"

莫古寒认真地开着车，苏雅第一次认真地在一旁细看起莫古寒来了，这个大男孩的脸庞棱角分明，眼睛里有着刚毅与果断，望着望着，苏雅的心禁不住就动了一下，这是这么多年来，自己第一次面对一个男孩会心跳加速。

苏雅伸手盖在了莫古寒握着方向盘的手上，莫古寒感觉自己全身突然如触电了一般，急忙把车停在了路边，用眼睛深情地望着苏雅。

苏雅："谢谢你的爱，我想我们可以认真地谈一场恋爱了，谈一场以结婚为目的的恋爱。"

温暖的阳光普照着人地，天际上朵朵白云悠悠地飘荡着，此时你会听到，幸福牵着幸福，在极深又极浅的陌上赶路。

# 彼岸花开

生命是自己的，红尘中，只能路过一次。

## 一

初二，刚刚开学，老师领进来一个女孩子，这个女孩子便是柳如眉了。真的是名如其人，一米七左右的个头，身材窈窕而又匀称，浓密的眉毛下，一双大眼睛足可以勾去人的魂魄，白皙而又红润的脸蛋，微微上翘的樱桃小嘴，未开口，便先带了三分笑。柳如眉是一个惊艳的女孩子，她的到来，引起了我们班男生的一片“嘘”声。老师指了指我旁边的位置对柳如眉说：“和夏雨洛坐一起吧，她是我们班的学习委员，对你学习上会有帮助的。”

我与柳如眉是性格完全不同的两个女孩子，我安静不爱说话，喜欢学习，喜欢把老师交代的每一项任务都认真地完成。而柳如眉却活泼开朗，爱唱、爱笑、爱跳。我的性格中有柔弱的一面，而她的性格中却多了要强与任性。或许正是应了性格互补的原因吧，我与柳如眉成了好朋友。

突然发现自己身边的男孩子多了起来，总是有话无话地找我聊天问课堂上的问题，等熟悉了以后，却是有事要求我做的，那就是把他们写给柳如眉的情书，转交给柳如眉。从初二与柳如眉认识，到高三，我成了给她传递情书的信使。一直以为，我在柳如眉的面前，永远只是个灰姑娘，只能用自己的平凡来衬托她的妖娆与美丽。

从初二到高三，我一直在目睹着柳如眉轰轰烈烈的爱情，与追求她的男生恋爱、分手，再恋爱、分手。直到高三时，陶子的出现打破了这个定律。

陶子是我们班的体育委员，柳如眉是文艺委员，我是学习委员。我们三人的成绩，总是在班里攀比着上升。陶子第一次去我家，是柳如眉拉去的，我过十八岁生日。妈妈邀请了柳如眉到我家里来吃饭，本来低调的我，是没有打算过生日的，可妈妈说，如此重要的成人礼，怎么可以不举行，哪怕简单一点，也要请来你最好的朋友，见证你的成长过程。

妈妈在那天教会了我做她最拿手的一道甜点“桂花糯米藕”。我知道这道菜里包含着妈妈所有的爱，她每年只做一次，那就是在她与爸爸的结婚纪念日当天。也正是她的这道菜，让爸爸死心塌地地爱了妈妈一辈子，每当看到爸妈恩爱甜蜜的样子，我总是从内心深处觉得自己是幸福的。每当妈妈做这道菜的时候，总是满脸的幸福，她说，我与爸爸，是她生活的全部，是她生活的天空与大地，她生活在广阔的天空与大地之间，是世上最幸福的小女人。

今天，在我的成人礼上，妈妈把做这道菜的工序一步步地教会了我，妈妈说："这是一道爱心菜，也是工夫菜，只有用心，才能做出这道菜真正的味道。妈妈希望我的洛儿在以后的人生路上，如这被糯米塞满的藕心一样，通透甜蜜。"

在我十八岁生日那天，陶子和柳如眉第一次吃到我亲手做的桂花糯米藕，我看到他们吃得非常知足。

第二天下晚自习的时候，陶子叫住了我，然后把一封信放进了我的手中说道："夏雨洛，收下吧。"

然后他便转身潇洒地走了，他的身影，在夜色的灯光下闪着光，帅气而诱惑人心。我低头再看信封的封面上，醒目地写着五个大字："夏雨洛（亲启）"，心禁不住战栗了一下，这是我十八年来第一次面对面收到同学的信。

这是一个美好的深秋的夜晚，到处飘荡着桂花浓郁的清香，只要深深呼吸一下，内心便会清爽快乐。我的初恋就在这样的季节里开始了，虽然来得晚些，却让我感觉幸福无比。

每天吃过晚饭，在没有上夜自习之前那一小段休闲的时光里，陶子会约我到学校后面的梧桐林里散步聊天，一大片一大片的梧桐叶落在地上，我们的脚踩上去，会发出沙沙的声响。

陶子喜欢作诗，每每走进梧桐林的深处，他会在与我四目相对时，把一首首情诗随口吟出送给我，我便会用心记下，然后整埋到我的私密日志里。大片大片的梧桐叶随着秋风秋雨飘落，更是为这美丽的季节增加了别致的韵味，一切美好都让人触手可及。

柳如眉对我说："小洛，我喜欢上咱们班一个男孩子，而且是深深地喜欢他，你说我该怎么办？"

我便笑了："一直都是男孩子围着你转，你一直就是我们学校最高傲美丽的公主，不知道是谁俘获了我们公主的心？"

柳如眉："陶子，我喜欢他的诗，喜欢他的人，喜欢他身体里散发出的那种味道。"

我的笑容便凝固在了空气之中。

柳如眉让我做信使，把她写给陶子的信交给陶子。我想拒绝，可是看到柳如眉期盼的眼神时，我却无法把拒绝的话说出口。

陶子接了我交给他的信，满脸的愤怒："小洛，你把我当成什么人了？你难道一天都没有爱过我，你竟然不敢在自己最好的朋友面前说你在和我交往？”

陶子的话把我逼上了绝路，其实，年少懵懂的心里，虽然感觉爱情比天大，但我无法把自己的感情处理好，因为我不知道怎样对柳如眉来诉说我对陶子的爱。

就这样我的初恋结束了，我看到了陶子眼里的幽怨与不解。

仿佛昨天陶子还在对我说：“小洛，等我们高考的时候考同一所学校，等毕业一参加工作，我便娶了你，要你为我做一辈子的桂花糯米藕。”

而今天，与陶子同行的人却换成了柳如眉，我看到陶子面对柳如眉的笑，温暖而暧昧。空中细细密密地飘落着冬天的第一场小雪，我把泪水滴到了落在手心的那朵雪花上，雪花瞬间便融化了，如我刚刚开始的爱情。

## 二

缘分依然如此奇妙，虽然大学四年与柳如眉分开，可当大学毕业的时候，我们又进了同一家公司，我在财务科任出纳，柳如眉做公司业务部经理。

大学四年的分开，我一直以为，柳如眉与陶子一定过得非常幸福。现在才知道，他们在大一时便分手了。得知这样的结果，我的内心并不奇怪，这是柳如眉的性格，遇到爱的定不会放过，不爱了也绝不拖泥带水。

柳如眉说："陶子爱的永远是你——夏雨洛，我无法走进他的心里，所以便分开了。"

我淡然地笑了，已经是过去的事情了，陶子已经成为我的一个梦，无论是美好还是忧伤，连同他的那些诗，都只是留在记忆中翻转罢了。

我每天过着朝九晚五的生活，白天认真上班，晚上准时回到租住地休息，有假期便回家陪伴父母。

而柳如眉却说："她不想浪费青春时光的每一分每一秒，我要让这有限的青春轰轰烈烈、繁华而又幸福地度过。"

每天早上七点，我准时起床上班的时候，正是柳如眉睡觉正香的时候。每天晚上十点，我准时睡觉的时候，柳如眉却不知道在哪个夜总会、酒店、歌舞厅陪客户或者朋友唱得正欢、跳得正火。

不知道是第几次在电梯里与这个大男孩相遇了，他有着英俊的五官，高大而又挺拔的身材，面部表情总是如此淡定而坦然。即便不说话，也会给人一种既亲切又安全的感觉。每天不说话，只是相视一笑，也让人的内心生出温暖。

从来没有说过话，也不知道他叫什么名字。但我知道，彼此内心那份牵挂与好感，是与生俱来的。

中秋节从家里回到与柳如眉合租的公寓的时候，已经是晚上八点。我刚刚把包丢到沙发上，手机的短信铃声响起，一个陌生的电话号码，却是一场神秘的约会：

夏雨洛，我在楼顶的天台等你一起赏月。莫念尘。

我便兴奋与忐忑了起来，一张阳光俊朗的容颜在自己的脑海里渐渐变得清晰起来。

好美的天台，与无限的苍穹距离好近好近，那颗最亮最矮的星星，就挂在楼的一角，整个繁华的都市，在我的脚下车水马龙。美丽的紫藤花儿，一路缠绕着水泥架台，直通天堂，空气中弥漫着桂花浓郁的清香。

莫念尘点燃了烟花，那烟花便直冲云霄而去，在月亮的中心盛开。我抬头看灿烂的烟花，而莫念尘把我揽在了怀中。爱情就这样自然而然地到来，与甜蜜撞了个满怀。原来莫念尘居住在我和柳如眉租住公寓的顶层，他看到我的第一眼，也如我看到他的第一眼一般心动。

## 三

与莫念尘相爱的第二个星期，是我的生日。我拉着莫念尘的手，来到超市，然后选了制作桂花糯米藕的一切材料。

回到莫念尘的小屋，我深情地拥着莫念尘说道："要给你做一道爱心菜——桂花糯米藕。妈妈正是用这道菜，让爸爸死心塌地地爱了她一辈子，我希望你吃了我做的这道菜以后，也能死心塌地地爱我一辈子。"

莫念尘点了一下我的鼻头："小傻瓜，即使你不为我做这道菜，我也会死心塌地地爱你一辈子。"

在我用刀把藕片切成细片时，莫念尘从身后抱住我说："小洛，你就像一朵静静绽放在池塘深处的荷花，清新、优雅、淡然，纯洁得与尘世无染。所以从第一眼看到你，我便深深地爱上了你。"

窗外飘着细细的秋雨，莫念尘在天台的花坛旁边支起了一把大大的太阳伞。然后我们把烛台和做好的饭菜放到了被那把大伞遮住的桌子上，两把藤编的椅子，让人感觉既舒服又逍遥。

我轻轻地夹起一块桂花糯米藕，放进莫念尘的嘴里。他细细地咀嚼着，品味着，然后说道："我吃出味道来了。"

我的目光变得热切起来，直直地望向莫念尘。

“是爱情的甜蜜味道。”

笑容飘荡在脸庞上，莫念尘望向我的目光便痴了。

沉醉中，我的手机铃声响起，是柳如眉的：“小洛，生日快乐，今天我早早回来了，为你庆生。”

我答：“在楼上的天台。”

当兴冲冲的柳如眉登向天台的时候，当我想把她介绍给莫念尘的时候，他们的口里却同时喊出了：“怎么是你？”

我发现柳如眉望向莫念尘的目光是明亮、幽怨而妩媚的，莫念尘望向柳如眉的目光是生硬而僵直的。

柳如眉端起了我喝的那杯红酒，把停留在莫念尘身上的目光拉回说道：“小洛，祝你生日快乐。”

然后她用手轻轻拿起一块糯米桂花藕放进嘴里：“真甜蜜，如你的爱情。”

柳如眉在临下楼时对我说道：“小洛，楼下花坛的彼岸花开了，你看到了没有，好红，我许久没有看过如此红艳的花朵了。”

从柳如眉来，到柳如眉去，我没有说一句话，只是刚刚内心满满的幸福，被忧伤一点一滴地剥蚀掉了。

细雨渐渐密集了起来，我与莫念尘回到房子里。

我指着开在花坛里的那一片绯红：“这种花的名字叫彼岸花，鲜艳的红是如此夺目，可散发的并不是如书中才子佳人们所描绘的那种清香的味道，而是少女血液的味道。每一朵花都有花语，都有一段悲伤的爱情故事在里面，而彼岸花是由少女的血液染成。如果你不爱她，就远离她，如果爱她，就深爱。”

莫念尘把我深深地拥在怀中说道：“谁说彼岸花的花叶永生不能相见，你看，那落满地的叶子，正在用心地呵护着自己的花仙子，叶子归在了根的深处，只有这样才可以更深刻地相爱。”

说完，莫念尘低下头，深深地吻向了我。

只想就这样让时光定格下来，两个挚爱的身体合二为一，紧紧缠绕。窗外的雨清脆而委婉地击打着世间万物，一切的一切都成了这调皮雨滴的乐器。

## 四

我从内心深处拒绝着柳如眉对莫念尘的一片挚爱与痴情。

莫念尘是比柳如眉高一级的大学师哥，那时候的柳如眉正为得不到陶子的爱而苦恼。当莫念尘在大学生辩论会上与她针锋相对，让她输得心服口服时，柳如眉便对莫念尘说道：“师哥，我爱上你了，此生，你将是我一个人的。”

莫念尘轻笑一下说道：“我们的性格不同，我不喜欢妖艳而性格张扬的女孩子，我喜欢安静随和的女孩子。”

可莫念尘的直接拒绝并没有让柳如眉死心，她轻轻一笑对莫念尘说道：“相信有一天，我会让你爱上我的。”

三年的时光就这样过去了，莫念尘没有对柳如眉有任何的交代便在她的世界里消失了。

而缘分就这样巧合到让我与莫念尘深深相爱，彼此情深。

当楼下盛开的彼岸花只剩下一片残红的时候，莫念尘对我说道：“小洛，离开柳如眉吧，你们不是同一条路上的人，她的性格里多了霸占与自私，你的性格里多了忧郁、善良与寡断。”

我点头答应。

柳如眉：“小洛，我此生逢场作戏的男人很多，可真正只爱过两个男人，而这两个男人却总是与你结缘。”

我轻笑道：“你如午夜的玫瑰一般美丽妖娆，走过你身边的男人早已数不胜数，为什么总是要掠夺我的幸福？”

柳如眉：“小洛，你相信缘分与宿命吗？”

我答：“或许，与你的相识、相知、相守，便归结于宿命的使然吧。”

柳如眉如我一般轻轻一笑：“小洛，你面对自己的爱情被抢走，总是这样不惊、不哭、不痛苦吗？你的淡然，让我生气。”

我轻轻一笑道：“莫念尘是我的，他的心在我这里，你无法抢去的。”

我看到柳如眉的目光里燃烧出了一团火焰，让我心悸。

柳如眉：“小洛，在你离开我之前，我想最后吃一次你做的糯米桂花藕。或许从此，我们真的天各一方了。”

我点头答应了。虽然我知道此时无法再找到荷叶和新鲜的桂花，但家里那棵老桂花树上的桂花，妈妈每年都会收集起来晒干，到春节的时候给我们做桂花糕吃。

莫念尘在卧室帮我收拾，我在厨房做糯米桂花藕，柳如眉坐在沙发上看电视，并且为我们三人每人冲了一杯咖啡。

切下藕的一端，露出藕孔，我开始细细地向藕的细孔里填入浸好的糯米，要认真仔细地填满，塞入的糯米越多越好。蒸煮的过程中，桂花与蜂蜜的清香飘荡在整个房间里，如果此时房间里的人不是各怀心事，这样的情景，将是多么幸福，因为我本来就在做一道幸福菜。

为我，为我腹中的孩子，为莫念尘，为柳如眉。

柳如眉喝了许多酒，说了许多话，而我唯一记住的却只有几句:“小洛说得对，单方的爱，叫单相思，双方彼此的爱，才叫爱情。莫念尘，我在大学暗恋了你三年，为了追随你，和小洛租住进了距离你最近的房间里。可我知道，我第一眼看上去是个美女，因为太过妖娆与妩媚，所以人们往往喜欢拿我做情人，却不会真心想娶我做妻子。你也是，你与世俗的男子根本没有任何的区别，所以从此以后，我将把你从我的生命里剔除掉。”

柳如眉醉了，当她喝完酒瓶里最后一滴酒的时候，她来到茶几前，端起了她冲好的咖啡放进了莫念尘的手中说道:“喝下去吧，没有加糖，很苦，如我的心。从此，我们将永不相干。”

莫念尘便一口气喝下了那杯早已凉透了的咖啡。

我看到柳如眉的脸上有轻松和解脱的笑容。

与柳如眉走到客厅的阳台，夜色早已深沉，外面的雪花细细密密地下着，这情景，好熟悉，像极了我与陶子分手时的场景。

我紧紧地拥住柳如眉:“有些爱，如果注定是彼此的伤害，愿我们今生不要再遇见，各自活好当下吧。”

夜色很美，小雪中，我与莫念尘牵着手，走向我们新的居住地。

## 缘定终身之网络灰姑娘

快乐的日子从指间流过，每一分每一秒都是幸福与甜蜜；痛苦的日子从心尖滑过，每一分每一秒都是寂寞与忧愁。

### 一

我如往常一样坐在电脑前，登录入 QQ 游戏飞行棋的双飞大厅，登录进来后傻傻地发呆，呆呆地看着“人来人往”，从服务器的大厅里提示着谁走了、谁来了，感觉这个虚拟的世界是现实世界的缩写，同样有着人生的悲欢离合、来来去去。

正看得入神，突然有人邀请我玩飞行游戏，心里正想玩呢，也不管邀请我的人认识还是不认识立刻点了同意便进入游戏，然后点开始，这才仔细地观察起对家的名字，才看清和我玩双飞的对家的积分竟然在正的一千分以上。我吓了一跳，急忙点申请退出游戏，结果对家点了不同意。我便从聊天框里对对家说：“我可是负分，要求退出你不同意，输了不准哭啊，并且严重要求不准骂我笨。”

对家回应道:“怕输就不邀请你了，放心大胆地输吧。”

我一下乐了起来，竟然有不在意积分的，竟然让我放心大胆地输，呵呵。还怕什么呢。

这才开始认真地看对家的名字——伊尘。我心里好奇，怎么取这样一个名字啊？再看另两个游戏伙伴的名字，更让我吃惊了，那个穿着男装ID的名字竟然叫伊凡。而那个和伊凡对家的女孩的名字竟然和我的名字正好倒叫着，我叫馨茹，她叫茹馨。

伊尘:“对门美女，看到没有，我们可是有缘的啊，另两位一个是我的哥哥，一个是我的嫂子，而你和我嫂子的名字正好倒写着，知道我邀请你的原因了吧？”

“切，只是名字的巧合罢了，这算什么有缘没缘，不要忽悠我。”我在聊天框里正色地回对家道。

我的回话才刚刚打出去，我们的游戏桌突然进来一个游戏管理员。正在想，这室主可能走错了游戏桌，我们游戏正常，又没有犯规的，他进来做什么？

正在猜测着室主进来的原因，哪想到进来的室主直接点了伊尘:“您好！很高兴为您服务，请问有什么需要帮助的吗？如果问题解决了请打OK，如果十秒内无人应答，我将判断为游戏正常，继续回网管室处理求助，谢谢合作！”

伊尘:“室主，我喜欢上和我对家这个叫馨茹的女孩子了，你给我们做证人啊。”

望着伊尘语惊四座的话语，我的脸在电脑前变成了红色，这是什么样的一个男孩呀，怎么叫来室主竟是这样一个求助?

那室主的反应倒也快，不是刚刚官方式的问话了:“呵呵，祝你们玩得开心，感情问题不在我们室主的服务之内，如果在游戏中遇到问题，请点击聊天命令下面的那个房子，我们会及时为您服务。”

室主说完离开了游戏桌。

再看伊凡和茹馨正在相互拍着肩膀，笑得腰都直不起来了。此时，我才真正明白这个名字叫伊尘的人邀请我玩游戏的原因，他就是在寻我开心。可他不知道，他找错对象了，本姑娘不吃他这一套，想寻我开心，等着瞧吧。

也不知道怎么回事，游戏顺利得超出我的想象，飞行棋的幸运数字 6，一个一个地往我这里跑。可我就是不好好地玩游戏，不是不怕输嘛，本姑娘就要让你输个够。

伊尘:“对门美女，把你 QQ 号给我。”

我:“想要我的 QQ 号可以，有本事你自己赢了这三局再说。”

可话打出去我就后悔了，因为对家明明就是他的朋友，我不配合，两个对家却是无比配合他。结果三局下来，我们完胜。

伊尘在游戏聊天框里开心得张扬起来："不许赖皮，不许哭鼻子，QQ 号拿来。"

"给就给，谁怕谁啊！"

## 二

退出游戏后，我又开始看那些网络过客进进出出、来来去去，想着他们网络生活的平淡与精彩、偶遇与奇遇。

突然从聊天大厅的私人聊天框里有别人私呼我的声音提示，一看竟然是那个阴魂不散的伊尘："美女，不想加我为好友吗？为什么不通过验证？"

这才想起，原来自己还没有把 QQ 登录上线，当我登上 QQ，一下便收到了伊尘要求加为好友的信息。

我点了接受加为好友。刚刚点了通过，伊尘便发来了聊天信息："网络灰姑娘，这名字取得有个性，是不是想把你的真命王子勾引来？你也在岛城住啊？"

把伊尘的聊天框点出来便看到了他一连串的问话，再看他 QQ

上方显示的IP地址，我们竟然是在同一个城市。我点开资料，资料里也记录着相同城市的名字。

伊尘:“相信缘分吗？相信机缘巧合吗？如果我没有猜错，如果你的IP地址显示正确的话，我可以在十分钟内骑单车到你的学校门口。”

真的不敢相信这个和自己只是一局游戏缘分的男孩，短短十分钟内就可以来到自己的学校门口，有一种犹如在梦中的感觉。但想起刚刚他们对我所做的一切，我突然嘿嘿冷笑了两声，这真是现世现报啊:“我现在就去学校门口，如果十分钟后，你真的出现在我们学校门口，我就交定了你这个朋友。”

伊尘:“一言为定，你现在看着表快跑步到学校门口。”

接下来我真的无法再说什么了，为什么会给自己一个这样的决定？看表还不算太晚，大一那些刚刚入校不久的学生还在上自习，从宿舍楼走到学校门口差不多就是十分钟的时间。

十分钟的时间真的很快，当我走到学校门口的时候，一眼看到大门对过的路灯下站着一个骑单车的大男孩，灯光把他整个人染成了橘红色。他一只脚立地，另一只脚还踩在单车的脚踏板上，他一看到我的身影出现在学校门前，便一转单车的车把一下从对面骑了过来，就那么微笑着站在我的面前说道:“馨茹你好。”

我下意识地用手理了一下被风吹到额前的头发：“伊尘你好。”

我再望向他嘴角扬起的那抹微笑，那一头快到达肩膀的长发，不知道为什么一下对他的印象坏了起来，这定是一个搞艺术的孩子，只有喜欢艺术的男孩才留长发，而对于搞艺术的男生，不知道为什么总是从内心对他们没有好感。

当伊尘看到现实中的我，好像突然也变得拘谨了起来，望着我一时也想不起应该说什么了。我望着他的样子突然感觉好笑，于是开口说道：“我只是想证明一下你是不是真的可以在十分钟内来到我们的学校，现在证明是真的，我要回去了。”

然后我转身快步跑回了宿舍。我能想象得出身后伊尘一个人呆呆的样子，能听到自己扑通扑通心跳的声音。

## 三

再打开 QQ，便一下跳出了伊尘的留言：“看到我为什么跑这么快，总要等人家看清你长什么样子再跑吧。只看到了一个披肩长发身材修长的女孩，灯光把她的背影染成了橘红色。”

我扬起嘴角一笑，这样的情景似曾相识：“我看到你的头发快要与我的一般长了，所以不与留长发的男孩子正面交锋。”

因为已经是大三，再过一年就要毕业了，所以学习上比较轻松，有些同学开始为留城在投个人档案，希望找到理想的工作留在这个繁华的大都市。而我因为有自己的想法，反倒变得轻松起来。

与伊尘成为好友后，我发现我们聊得还是非常开心的。飞行棋室里，会有一个正三千分的飞行高手，和一个负分也接近三千分的小笨笨一直飞对家。

每当闲下来，我们会聊天。

伊尘："眼看就要毕业了，你想过毕业后留在这个美丽的城市吗？别的女孩子可能挖空心思地想留在这里啊。"

"没有，因为我来这里上学的时候是和我们乡镇签订下合同，他们给无息贷款，等我毕业了回我们乡镇中学任教。"

伊尘："这些从法律的角度讲是不合法的，水往低处流，人往高处走，我不信你不喜欢城市的生活，愿意再回到自己原来的起点。"

"可你没在我们那里生活过，不能理解我对自己家乡的感情的，你知道那里的水有多清吗？你知道那里的人有多善良吗？你知道那里的孩子有多渴望得到知识吗？你也不明白穷人家的孩子得到别人帮助时，内心的那份感激与感恩，我不能失信于帮助我的人。”

伊尘一下打出了无数个省略号。过了大约一分钟后他才又说道：“你和别的女孩真的不一样，这是不是你上大学快四年了一直没在学校找男友的原因啊？”

“也不完全对，我是个相信缘分的人，大概是因为我的缘分还没有来吧。”

伊尘：“我可以成为你考虑的对象吗？”

“完全不可以。”

伊尘：“太伤自尊了，为什么？我人长得够帅，条件也不差。”

然后他发来了一个嘴角往下的和一个吸着烟戴着帽子摆酷的表情。

我禁不住笑出了声：“只一条你就不合格了，我不喜欢文艺青年，留长发好像就是你们的爱好标志，可在我的家乡，只有作风不正派的男孩才会留长发。”

接着我发出了一个扬扬得意的表情。

年轻人的心真的是非常容易沟通与接近的，大概是因为年龄相近吧，我们的话题总会在不经意中聊到情感上来。与伊尘，我们就是普通朋友，虽然有时候他有点油腔滑调，但感觉他骨子里是一个本性不坏的男子。

我问伊尘：“你理想中的女朋友应该是什么样子的？”

伊尘：“我理想中的女孩已经出现了，但我不敢去追求，总感觉她太完美，怕自己配不上她，怕自己会伤害到她。”

“哈，本以为你是个多聪明、多自信的人呢，原来碰到感情也没辙了啊，不试怎么知道不可以，不试怎么知道你喜欢的女孩会不会喜欢你？”我直言道。

“唉，我喜欢的女孩比我还笨，她根本就不明白我的心事。说说你理想的男友是什么样子的吧，最向往的生活是什么？”伊尘说道。

“他不会太帅，也不必太有钱，但一定是爱我和疼我的人。我希望会在我以后教学的学校有两间房子是属于我们两个人的，还会有一个篱笆小院，我会在篱笆墙周围种上丝瓜和南瓜，让它们的藤蔓爬满篱笆墙。我会在院子里种一棵葡萄树，种一棵石榴树，还会在葡萄树的周围种上许多月季花与夜来香。每当夏天的傍晚，那些夜来香开着白的粉的花朵，散着淡淡的清香，我在院子里抱着孩子数花瓣的时候，他在屋子里忙着做饭。然后我们进房间一起吃饭的时候，我会把好吃的全放进孩子的碗里，把我们养的那只小猫咪馋得对着我喵喵直叫，好像在说：女主人好偏心，女主人好偏心。这就是我最向往的生活了。”我无限向往地对他说道。

## 四

再一次与伊尘见面，是在中秋与国庆两节的时候，七天长假，距离家近的同学都回家了，因为一个星期的长假足够他们与家人团聚，但距离远的同学，留在学校的还是不在少数。

伊尘从 QQ 里给我留言，说是留言，倒不如说是在下命令，因为他的话语完全是命令的口气：“馨茹，我哥哥伊凡与嫂子茹馨也回来了，你中秋晚上七点半在学校门口等我，我去接你，我们和哥哥嫂子一起去玩。”

是鬼使神差吗，还是近两个月的聊天让彼此真的产生了信任，还是在这样团圆的日子里，孤单的心灵真的需要一个人来陪？反正，我真的无法明白，中秋节晚上七点半的时候，自己是怎么站在学校门口的。伊尘还是那样骑着单车在学校对面等我。晴朗的天气，让夜黑得有些迟，月亮还没有升起来，道路两旁的法国梧桐如芭蕉一般大的叶子落了一地，秋天的味道真的很浓了。

“来，馨茹，上来吧，我哥哥和嫂子还在家里等我们呢。”如认识了许久的老朋友一样，他竟然连问都不问我一声是否同意去他的家。

在与伊尘聊天的时候知道伊尘的哥哥和嫂子在北京一家电脑公

司工作，并知道伊尘已经大学毕业三年，却一直不去工作，每次问原因的时候，他总是说:“反正老妈有的是钱，可以养活我，等我玩够了再去上班也不迟啊。”

所以我总喜欢叫他挥霍青春的男孩，有次还建议他把网名修改成这个名字。每到这时，伊尘总会反应强烈地说道:“我比你大五岁呢，不要没大没小啊。”

怪不得伊尘可以在十分钟内到我的学校，原来他居住的小区与我们学校只有一墙之隔。伊尘居住的是一个八层的三室一厅大概有一百三十平方米，采光好，视野也好，整个房子被他收拾得干干净净的。

伊尘还没有掏出钥匙，门便被一个漂亮的女孩子打开，伊尘对我介绍道:“这是我的嫂子茹馨，和你的名字正好相反。”

我从心里惊叹着世上竟然有如此漂亮的女孩子，皮肤那么白，身材那么窈窕。我还没有回过神来，茹馨的身后冒出了一个和伊尘长得一模一样的大男孩，只是他留的是短发，眼神看上去是那么快乐与精神十足，而伊尘的眼神看上去是忧郁的。他们虽然是双胞胎兄弟，哥哥应该说是充满阳光的一个男孩，而伊尘身上唯一缺少的便是阳光的味道。

茹馨一把抓住了我的手说道:“馨茹，真的是如我想象一样的美丽女孩，认识你真的好开心，每次与伊尘聊天的时候，他的话题几乎全是你了。”

这顿饭我们吃得温馨而快乐，茹馨不但是个美丽快乐的女孩，而且性格热情开朗，没有给人陌生与拘谨的感觉。她一直在谈论着，开心地微笑着，只是伊尘的眼神总是跟随着我的一举一动，每当我想抬眼望他的时候，总是与他四目相对，我也会被吓得赶快把目光移开。

刚刚吃过饭，伊凡与茹馨便对我和伊尘说道：“快九点了，我们要回去陪妈妈，馨茹你再玩一会儿让伊尘送你回去吧，我们先回去了。”

说完两人丢下我们，手牵手地走出了伊尘的小屋。房间突然一下显得大了许多，也静了下来，能听到自己心跳的声音。

可我又不好意思马上说走，只好起身对伊尘说道：“我来帮你收拾吧。时间不早了，收拾完我也要回学校了。”

说完我起身帮他收拾桌子上的碗筷。

可伊尘一下用手压住了我的手：“怎么能让你来收拾，这些我是天天做的，我来。”

我感觉自己的心就要从嗓子眼儿里跳出来了，因为伊尘的手放在我的手上没有拿开。我慌忙抽出自己的手对伊尘说道：“好，你自己收拾吧，我回学校了。”

伊尘笑着对我说道：“你说谎，每次我都会站在你们学校门口好久，好像十点半之前没有关过大门吧？”

我感觉自己的脸腾的一下红了起来：“我也不知道什么时候关大门，只是听同学说的。”

“嗯，这句是实话，我相信。”伊尘笑着轻松地说道，不再看我的脸。

然后他收拾起桌子来，我也让自己的心稍稍地平静了一下。

伊尘倒了两杯咖啡，把一杯放在我的面前说道：“喝了这杯咖啡我送你回去。”

我对他点点头回道：“好的。”

伊尘端着咖啡走向了阳台，然后从阳台上对我说道：“馨茹快来看，好美的月亮啊，好漂亮的烟花啊！”

我随着伊尘的声音走向阳台，不知道月亮是什么时候出来的，银色的朦胧的月光温柔地照耀着大地，海滨公园放出的庆祝国庆的礼炮在月光下闪耀着惊天动地的光芒。真的很美，我从内心深处惊叹着人世间的这份繁华与美丽。

整个寝室只有我一个人了，老大和她的男友一起去旅游了，老二和男友一起回家了，老三和男友都是这个城市的人，所以他们也不会再来了。我打开窗子，让清凉的秋风吹起散在脑后的长发，也吹起了女孩子情窦初开的心事，今夜注定无眠……

## 五

我不知道是什么时候睡着的，宿舍的内部电话突兀的声音一下把我惊醒。我一边伸出手抓电话，一边恶狠狠地低语道："无论是她们三姐妹中谁打来的，都要狠狠地教训她们重色轻友，这么美好的节日，全陪着心上人走了，把我一个人孤单单地留在了这里，本想睡个好觉，却又在这个时间打来电话。"

我把电话放到耳边，刚想说话，电话那端传来伊尘的声音："馨茹，起床了没有，今天天气不错，我们去海边钓鱼吧，我已经在你学校门口等你了。"

我的脑袋一时没有反应过来，在电话里回道："啊……"

两声"啊"还没有落地，伊尘便来了一句："我在你学校门口等着呢。"

说完他便挂了电话。我内心真的有几分气恼，他怎么就知道我一定会去，这个霸道的家伙。可是，如果不去，他一直在学校门口等下去怎么办？再说，本姑娘还真是无聊到不知道怎么打发时间。

当我走到学校门口的时候，伊尘正在学校门口翘首等待。当看到我从学校走出来的时候，他笑得是那么开心。然后他拉着我的手，穿过马路，来到一辆白色轿车前停了下来，打开了车门。当我坐进车后，他启动车，把一袋牛奶和一块面包放进我的手里："一定还没有吃早饭吧，学校全放假了，距离家里近的，有男女朋友的学生都想方设法地出去玩了，学校里大概也只剩下你们这些离家远又没有男女朋友的小可怜了吧？"

"谁说没有男女朋友的人是小可怜，你也没有女朋友，不也是个小可怜啊？"

我反问伊尘。

伊尘望着我的样子，开心地笑了起来："哈哈，原来你也会反抗啊，我还以为你只是个听话的乖孩子呢。"

"懒得理你。"

很快我们便到了海边，下车后，伊尘熟练地做着钓鱼前的一切准备。我解开束在脑后的扎绳，让头发披散开来，伸开双臂让凉凉的海风从指间吹过，咸咸的、温温的、湿湿的空气的味道让人神清气爽。

我的心情一下开朗了起来，然后脱下鞋子，在海边来回地奔跑起来。伊尘看我那么开心，显然是被我的快乐所感染:“如果馨茹喜欢大海，以后你过星期天，我就带你来海边玩好不好？”

我快乐地对伊尘说道:“说话算数，可不许反悔的啊！”

伊尘:“当然了，保证不会反悔。”

“来，馨茹，开始钓鱼，如果你表现好，钓到足够的鱼，晚上我给你烤鱼片吃。你品尝过的，我做菜可是一级棒，如果我去考业余厨师，我想我能拿到一级证书。”我静静地坐到伊尘的身边，看鱼浮在海水里，随着微微的海浪一起一浮。

伊尘:“没事的时候，我最喜欢一个人带着渔具，找一片静静的地方钓鱼了，感觉那个时候的自己是最真实的。”

伊尘把眼光望向无边的大海，是在对我说，还是在自言自语？望着他即使在笑时都无法掩饰住的眼中的那份忧郁，我有一种心痛的感觉。

海边的天气是变化无常的，本来是晴空万里，一片云过来便可能会落一阵雨。正在用心垂钓的伊尘突然对我说:“馨茹，快到太阳伞下去，你看那片云距离我们越来越近了，如果我猜得不错的话，五分钟之内要下雨了。”

伊尘一边说，一边急忙收拾渔具。雨比伊尘说的来得还要快，我们才刚刚收起鱼线，雨便落了下来。伊尘一边急呼着要我躲进太阳伞下，一边急急地收拾渔具，当我们收拾好，一起躲到伞下的时候，雨也下大了。

望着海边变化无常的天气，我开心地笑着对伊尘说道：“看来我今天是吃不上你的烤鱼片了。”

没有听到伊尘的回话，我抬眼望向他时，才发现伊尘正在用心地望着我，同在一个伞下，原来我们之间的距离是这么近。望着伊尘的目光，我急忙把自己的目光移向因为雨水的洗礼而突然变得朦胧而又缥缈的大海。

伊尘伸出双手揽住了我的腰，然后把我整个人拉入了他的怀抱，耳边听不到海浪轻拍海岸的声音，听不到雨儿敲打雨伞的声音，只能听到自己的心脏突突跳动的声音。我想挣脱伊尘的怀抱，因为从来没有男子这样拥抱过我。可是我却无法也无力挣脱，然后伊尘低下头吻住了我的唇，在我没有丝毫的思想准备与心理准备的情况下，头脑有片刻的空白与昏迷，无法思考，脱离了正常思维的范围。

当我的思维在瞬间恢复正常的时候，第一反应便是猛地推开了伊尘，然后冲出了那遮雨的伞，冲进了雨雾之中，思绪乱到了极致，对这猝不及防的爱情，我不知道自己要以什么样的心态来对待、来接受……

伊尘也跟着跑出了太阳伞，一把从雨雾中把我抱住，两个人在雨水中站立成了一对雕塑。

我从上大学那天开始便为自己的未来设定了方向，因为我是一个农村家庭的孩子，因为家庭收入有限，所以从考上大学那天开始，我便与我们当地乡镇的企业签了合同，我所有的学费由他们承担，但毕业后，必须回到当地工作。

所以当其他同学在学校尽情享受青春、享受爱情的时候，我只有一个目标，那就是学习、再学习，争取拿今年的一等奖学金，再加上学校为我找的一份家教的工作，所以生活费基本不用再让面朝黄土背朝天的父母操心。

不曾考虑过爱情，也不敢考虑爱情，因为我的未来已经明了，无法像别的同学那样任意选择自己想要去的地方。但此时，却没想到爱情会在我最没有心理准备的情况下到来。我自己也不能明白是什么时候从心里不会拒绝这个忧郁的大男孩的，更无法明白什么时候失去自我的呢？是与他相互之间心灵坦荡的对白吗？伊尘在我面前应该说是快乐开朗的，可为什么每次与他相见，从他的眉眼里总是会读出忧伤呢？是心灵相通的原因，还是我对他产生了好奇？

我的脑海里全是伊尘低下头亲吻我的画面，挥之不去，无法忘记。我打开QQ，里面立刻跳出了伊尘的留言："馨茹，原谅我的不能自已，从看到你的第一眼，从那晚，那个飘着长发的被灯染成小彩人儿的女孩走进我的视线开始，我便爱上了你。"

那个有点忧郁、有点霸道的男孩的样子，一下子在脑海里清晰了起来，他明确地对我说他爱我，我的心也对自己说，或许，那个骑着单车在路灯下变成小彩人儿的男孩，也同时走进我的心里了吧？

我穿上鞋，向学校门口走去，我知道，他一定在学校门口等着我。当路灯的影子拉着我的身影出现在校门口的时候，另一个身影同时也向我奔来，心便无限地幸福与快乐了起来。爱情就是这样的，当茫茫人海中与对的人相遇的时候，那种心灵的相通，是别人所无法理解的，爱情就这样到来了，如此简单与甜蜜。

爱情，总是有着小冲动在里面的，虽然距离毕业的日子不远了，但我还是无法控制地与伊尘恋爱了。每当想起伊尘的样子时，总会不经意地让自己的脸上挂满笑容。

每当双休日的时候，他都会约我去他的小屋，做一桌子好吃的饭菜让我吃个饱。然后我们会跑到阳台，伊尘会把我拥进他的怀里一起数天上的星星，任幸福与温暖在内心静静地流淌。

## 六

又是一个星期六，窗外飘着细细的雪花，想到今天又可以到伊尘的小屋与他相会，笑容禁不住又挂在了脸上。我慢慢地起床，想等寝室里的三姐妹都被男友约走后，去赴与伊尘的约会，可是不知道怎么的，三个人好像商定好了一般，洗漱完毕后，没有一个出门的，全坐到我的床沿上一起看着我，看得我的心里直发毛。

“我又不是怪物，干吗这样望着我啊？”我莫名其妙地对她们说道。

老大：“老四，说实话，是不是谈恋爱了？”

老二：“不准不老实啊！”

老三：“坦白从宽，抗拒从严。”

“你们在说什么啊？哪有啊，瞧你们的样子，人吓人会吓死人的。”我心虚地说道。

“真的没有，那你为什么会无缘无故地偷笑？为什么突然喜欢打扮了？为什么……”她们一听我不承认，集体逼问道。

正当我无法应对的时候，手机突然响起，我刚想伸手按灭来电，结果手机却被老三一下子抢了去，电话那端传来伊尘的声音：“小懒虫，太阳晒屁屁了，快起床。”

我的脸一下红了起来，老三对我伸了伸舌头，对着电话那端说道：“你找谁啊？”

我能感觉得到伊尘突然一愣的神情，然后条件反射地问道：“你不是馨茹吗？”

“啊，我是馨茹的同学，她咋晚感冒，发高烧烧到三十儿摄氏度。你是馨茹的什么人啊？你快来带她去医院吧。”

老三说完不等我反应过来，啪的一下挂掉了电话。

老二：“门口填表格一分钟，跑到我们楼下三分钟，上楼时间给他两分钟，如果他在七分钟内跑到我们这里来，证明老四曾经带他来过我们的寝室，证明他们的关系已经非同一般了。”

“你们不许这么整人的。”

我一边表示对她们的不满，一边变得忐忑不安起来，心里怕着伊尘的到来，却又莫名地希望他的到来。三个人不准我从床上起来：“都知道心疼他，为他辩解了，看来关系真的不一般了。”

时间好像突然变得好长、好长，心情也变得紧张起来，直到急促的敲门声响起，老大看了一眼手机：“六分半。”

老三第一个蹦起来去开门。

我抬起眼，看到伊尘满脸的担忧和满眼的牵挂，他没有去看她们三姐妹，而是直接走过来，把手伸向我的额头，结果伸出的手还没有触碰到我的额头，便被老二一巴掌给打了回去。然后三人的眼光齐齐地望向了我和伊尘："老四，还用解释吗？事实证明一切。"

突然感觉内心是如此的幸福与快乐，我从床上一骨碌爬起来走向伊尘，用双手抱住了他的胳膊说道："嘿嘿，这是我的男朋友，他叫伊尘，家就住在我们学校隔壁小区，如果你们今天都没有约会的话，我让他请你们吃饭，让他做火锅给我们吃，他的厨艺可是一流的哦。"

三个人开心地喊道："哈哈，老四终于承认了，哈哈哈，好，太好了。"

我再转向伊尘："别愣着，是她们骗你的，我身体一点事也没有，壮得如一头小牛犊呢。"

当伊尘听到我对三姐妹如此介绍他的时候，我看到了他眼角眉梢的开心与幸福。她们三人开心地大笑道："我们四人真的好久没有好好聚在一起了，还有帅哥给我们做好吃的，太好了。走，姐妹们，到老四的家里看看去。"

幸福快乐的气氛在室内飘荡起来，看来她们对伊尘的印象不错，只第一眼便接受了这个大男孩。

屏幕前的相望，屏幕下的相守相牵，爱情真的好幸福也好甜蜜，甚至连空气的味道都感觉是甜甜的。正如伊尘所说："我们是两个玻璃人，把彼此的爱毫不保留地送给对方，看不见的时候想念，看到后会更加想念。一抬手就能把彼此的样子刻画出来，想起彼此，便会情不自禁地把幸福的笑挂到脸上。很幸福，真的很幸福，很美，真的很美。”

这样的感觉一直保持到伊尘的妈妈来找我之前……

## 七

下午刚刚放学，老三便对我说：“馨茹，教室外面有人找你。”

我抬眼望去，教室门外站着一个自己不认识的中年女子，无论是气质还是长相都与伊尘好像，我一下便猜出可能是伊尘的什么人。

我走到她的面前问道：“阿姨，您找我吗？”

那女子伸手抓住我的手问道：“你就是馨茹对吗？”

“是的，阿姨。”我如实回答。

“我是伊尘的妈妈，如果你有时间的话，可以和我谈谈吗？”

望着她眼里热切乞求的目光，我点了点头。

我把伊尘的妈妈带到我们学校风景优美的园林区，一座小桥连接着我们学校的教学楼与宿舍楼，河两边便是无限优美的风景，这些树木被园丁们修葺得挺拔又美丽，草坪的羊肠小道上，随处可以看到供学生们休息的双人石头连椅。我找了一个连椅，与伊尘的妈妈一起坐了下来。

伊尘妈妈：“我们家伊尘真的好眼光，你真的是个非常漂亮又温柔的女孩子，伊尘能找到你这样的女孩子，真的是他的福气。阿姨做生意这么多年，阅人无数，阿姨的眼光是不会错的。”

伊尘的妈妈握着我的手，亲切地望着我说道。这双手好温暖，我突然想起自己的妈妈，鼻子一酸，有一种想流泪的感觉。

可伊尘的妈妈突然话锋一转又对我说道：“可是馨茹，你知道吗，我和伊尘已经有二十年没有感觉到母子亲情了，从他父亲去世那年开始，那时他六岁，突然就不再和我亲近，不再叫我妈妈，睡觉的时候也不再和我一起睡。到了初中，他开始住校，也不回家，直到大学毕业我想让他到我公司帮忙，可他却说自己还没有想好要做什么工作，说我这么有本领，完全不用他帮忙的。结果我因为太生气打了他一巴掌，从此，他便搬出来住，再没有回过家，没钱的时候他总是给我的秘书打电话，转眼他毕业三年了，却一直不去工作，也不到我公司帮忙……”

说着说着，伊尘的妈妈不能控制地流出了泪水。

从伊尘的口中，我完全把眼前的这个女人想成了一个女强人，没有什么事情可以难倒她。但从她的哭泣声里，我知道我想错了，现在的她是个希望能和孩子和好的，希望自己的孩子能叫自己一声妈妈的母亲，她深爱着自己的孩子。

我的泪水也禁不住流了出来："阿姨我能帮您什么，只要我能做到的一定尽力帮您做到。在我的心目中，伊尘是个有情感、有爱心的好男子，我也如他爱我一样深深地爱着他，相信他会听我的劝告的。"

"阿姨希望你们以后的生活幸福，想你能劝伊尘去工作，到我的公司也好，或者去别的工作单位也好，你知道伊尘是个聪明的孩子，他的英语非常棒。另外阿姨还有一个小小的请求，那就是元旦的时候，希望你和伊尘能回家过，一个人住那么大的房子，阿姨真的好孤单。"

现在与我说话的这个女人，不是一个女强人，不是一个企业家，她只是一个小女人，一个希望能和孩子共享天伦之乐的小女人。

我们紧紧地握住了彼此的手，我对她说道："阿姨，我们答应你，元旦的时候和阿姨一起过。"

伊尘的妈妈激动地抱住了我："真是个心地善良的好女孩，伊尘选中你做他的终身伴侣，真是他的福气。”

送走了伊尘的妈妈，我的心突然变得好柔软、好柔软，想到自己父母劳碌一生是为谁呢，还不是为了我们以后能比他们现在的日子过得好吗？父母对孩子的爱，永远是无私而伟大的。

我恨不得现在一步就走到伊尘的小屋，把自己满心的感动说给他听，让他和母亲和好，一家人在一起的感觉真的会很幸福的。

## 八

下午放学，我便向伊尘的小屋跑去。伊尘被我的开门声惊起，他怎么也没想到我这个时候来找他，看到是我进来，一下把我抱了起来：“哈哈，小笨笨，我刚刚吃过饭坐在电脑前正想给你留言呢，怎么现在来了，给我这么大的一个惊喜。”

我一边笑，一边要他放下我，但他说道：“不行，先亲我一下才会放下你。”

“不放就不亲。”

“好，不亲我就这样抱你一辈子了。”

我轻轻地在伊尘的额前亲了一下：“好了，真有事找你。”

伊尘满意地把我放下："笨笨，快说吧，到底是什么事情，让你这个时候来找我。"

他一边说，一边把我拉到沙发上坐在他的旁边，用胳膊揽住我的脖子，让我舒服地靠在他的胸前。然后他用另一只手抓住了我的双手："我的小笨笨，走这一路冻得小手冰冷的呢。"

我把自己的双手深深地埋进伊尘的双手里，然后真诚地望着伊尘说道："过去我不知道你和你的妈妈之间到底发生了什么事情，今天上午阿姨去找我了，她特别希望你能和她和好，叫她一声妈妈。阿姨的眼泪都流下来了，伊尘，望着这样的泪水，让我的心好疼啊！"

我的话才刚刚开一个头，伊尘的身体一下直了起来，也僵硬了起来："她去找你了，她为什么去找你？"

我直言道："她为了能让你去工作啊，她最希望的是你能去她的公司工作，并且她希望你能回家住，因为那样大一个房子她自己一个人住，她感觉好孤单。"

我看着伊尘的眼睛说道。

伊尘突然哈哈大笑起来，这笑声让我的头皮发麻。

"哈哈，她会孤单，她竟然说她孤单，如果不是她总怪爸爸无能，如果那晚她不和爸爸吵架，爸爸还会出门吗？如果那晚爸爸不出门，爸爸还会出车祸而死吗？”

伊尘变得激动起来，他一下子从沙发上站了起来：“你问她，她除了想到钱，还会想到什么。从我记事的那天开始，一直是爸爸照顾着我们，那晚因为第二天是我和哥哥的生日，爸爸想她能在家待一天，她却不答应，并和爸爸吵了起来，她说爸爸如果有本事能挣钱，她才不愿意这样辛苦地在外面奔波。结果爸爸真的生气了，从我记事那天起，总是她在抱怨，爸爸总是在默默承受，第一次看到爸爸发那么大的火，然后爸爸就出去了，然后……”

伊尘说得泪流满面，再也说不出一句话来了。我总算明白了伊尘为什么不愿意回家，总算明白了伊尘为什么不愿意和妈妈生活在一起。

我用双手从伊尘的身后抱住他，给他温暖：“可是伊尘，事情都过去这么久了，阿姨一个人打拼这么多年，她让你用最好的，吃最好的，上最好的大学，她希望你能如你哥哥一样有一份理想的工作啊。再说这些年最孤单的是她，一个人的压力有多大，你想过没有伊尘，要不然她不会这样无奈地去找我的对不对？”

伊尘一下子把我甩开：“你以后不许在我的面前提她，我无法原谅她。”

我从来没有看到伊尘如困兽一般的样子，从心里生出点毛骨悚然的感觉，却也非常生气："那你要你的妈妈怎么样？你这样对你的妈妈，你的爸爸就能起死回生了吗？二十年的时间竟然让你对你的妈妈如冷血动物一般，你不是我心目中那个善良、充满爱心、有血有肉、有情感的男儿了，你的心胸好狭窄。"

伊尘的眼睛都红了起来，他几乎是在吼叫了："是啊，与你交往这么多天了，难道你没有看出我是个冷血吗？"

我的怒气一下冲到了脑门，破口而出道："你真的不可理喻，我再也不想看到你了。"

"好，从今天起我彻底从你的眼前消失……"

伊尘对我吼叫道，说完就要奔出房间的大门。

我从身后对他喊道："回来，应该走的人是我。"

伊尘停住了脚步，我流着泪水从伊尘的身边奔跑而出，跑出了伊尘的小屋。回学校的路上，我感觉着刺骨的寒风，心冷到让身体发抖。

满怀那么大的希望，却得到如此大的失望，任泪水在天寒地冻的冬夜流淌，然后让心麻木，再麻木，这样就可以不知道心的疼痛了。

## 九

三天的时间，如三年一般漫长，从痛苦中开始有点清醒，我想清理一下自己的思绪，可越清理，内心对伊尘的思念越不可收拾，越是渴望看到或听到伊尘的只言片语。从内心在想，或许 QQ 里、邮箱里早已都有伊尘的留言了吧？或许他正在学校门口徘徊，等待着我突然出现在他的眼前吧？我的手机更是二十四小时不敢关机，怕一关机就会错过伊尘的电话。

同时，我也知道自己那天的话说得太过直接，一个六岁就经历与至亲之人生离死别，这样的心结，岂是我几句话就能解决的？躺在床上想通的我，迫不及待地打开 QQ 和邮箱的时候，我傻了，几乎无法思考，连呼吸都想停止，因为我没有看到伊尘的留言。我急忙拨打伊尘的手机，结果却提示对方关机，我突然有一种不祥的感觉，不顾一切地向伊尘的住处跑去。

伊尘的小屋没有亮灯，打开房门，里面是一片漆黑，我哭着叫着伊尘的名字，可是我没有听到那一声欢快的应答，有一种天塌地陷的感觉，让我一时犹如在梦中一般。爱情与亲情竟然脆弱到这样不堪一击，一种失落、失望、绝望深深地抓住了我的心。

快乐的日子从指间流过，每一分每一秒都是幸福与甜蜜的，痛苦的日子从心尖划过，每往前走一秒都会让心如针扎一般的疼痛。伊尘，你去了哪里？为什么我这样爱你，却不能帮你解开你的心结？难道你对我的爱也如你脆弱的心灵一般不堪一击吗？伊尘，你在哪里？你去了哪里？回来好吗？馨茹想你，真的好想你。不要逃避好吗？所有的问题我们一起解决。

我蹲在地上，哭泣声充满整个冷落而空寂的房间。

大学的生活就要结束了，寒假考试完下半年同学基本不入校了，自己联系到单位的同学，年后将去单位实习，没有联系到单位的同学，学校也统一联系到了实习单位。而我寒假后也不会入校了，因为在来上学之前自己未来的命运便已经安排好。最没有想到的事情是在自己将要离开这个生活了四年的城市的时候，却留下如此刻骨铭心的牵挂。我开始疯狂地思念伊尘，思念那个对我说过无数甜言蜜语的男孩。可是，伊尘，你在哪里？为什么听不到我的呼唤啊？

我每天上网，给伊尘留言成了我的一种渴望与习惯：

伊尘，你还记得吗，那些甜蜜的日子里，你对我说，过去真是被那些电视、电影上男女主角的甜言蜜语酸得牙疼，自从和你这个小笨笨认识后，才知道原来那些甜言蜜语全是发自内心的话语，望着自己心爱的女孩就站在自己的面前，怎么能不把世上最美好的语言说给她听呢？你还记得你说过吗，我们在爱情中两颗相通的心，如水晶一般透明，坦诚对待彼此。

伊尘，今天又是星期六了，雪下得好大，我伸手接住了一片雪花，它竟然在我的手心待了许久才融化掉。是不是我的手也与我的心一般冰冷了呢？好希望你帮我暖手啊！白天去了你妈妈那里，她最近又老了许多，她对我说全是她的错，她不应该在你最需要她的时候心里只有钱没有你们，她以为只要让你们穿上最好的，吃上最好的，便是对你们最好的爱护了。那天伊凡、茹馨也打来了电话，他们全肯定地对我说：馨茹，相信伊尘，他会回来的，他会与妈妈和好的。

伊尘，对你的思念，一天比一天多一点，我已经无法控制，因为这些思念全部是种在泪滴与爱情上面的，在如此肥沃的土地上，任谁也无法控制住它的疯狂生长的。每天等你，想你，是我呼吸的全部。伊尘你一定能感觉到的，是的，你一定能感觉到的。

每天太阳出来的时候是希望的开始，每天太阳落山的时候，是失望的开始，我尝遍了希望与失望全部的滋味，可是伊尘，你没有回来，我最终还是带着失望离开学校，离开这个城市。但伊尘一定要记住有个女孩曾经用心地爱过你。

写下对伊尘最后的一份留言，我踏上了回家的路，当眼泪无法控制地涌出眼眶的时候，真想自己日夜思念的那个男孩能突然出现在自己的面前，可我还是失望了。

## 十

一个月的寒假生活很快过去了，我开始在我们镇中学正式实习。镇长与校长亲自安排了我的食宿问题，并且对我说：“真没想到你真的能再回来，真是个好姑娘啊。”

校长就是我上初中时的班主任，想到他一生任劳任怨，再看他现在满头的白发，心里除了感动，便是感慨了。这里虽然没有大城市的繁华，但这里的人都有着一颗朴实而真诚的心。真的，能在这里任教，是我生命中最大的理想。

因为学校暂时还缺一位英语老师，所以我一个人担任了初一一个班、初二一个班和初三两个班的英语教学任务。我拼命地工作，拼命地学习，拼命地备课，生活突然变得好忙碌，也好充实，如果那个叫伊尘的男孩没在我的梦里出现，我几乎真的要忘记他了，平淡地生活在农村的我，现在感觉那是一个好遥远的梦，醒来全是不真实的感觉。

转眼便是春暖花开的时节，由于与学生之间相处得快乐而融洽，他们都喜欢当面叫我长辫子老师，他们也喜欢把自己的心事对我讲。我喜欢他们眼睛里的那份纯净，喜欢他们对知识的渴望与渴求。我突然感觉自己好像也变成了另外一个人一般，变得活泼开朗起来，喜欢他们把一把一把不知名的小野花采来送给我，喜欢让这些花儿淡淡的清香陪着我批改作业。

日子或许从此就这样简单地度过了吧，一天复一天，一年复一年，平淡而充实，最大的快乐便是所教的学生那一点一滴看在眼里的进步吧。至于爱情，时间会把这份痛慢慢弥合的。

直到有一天，正在上课的我，突然听到教室外传达室的人叫我："馨茹老师，学校外面有个陌生的小伙子找你。"

我的心莫名地狠狠地跳了下，手里的课本差点掉到讲台上，有一种迫不及待想冲到学校门口的冲动，因为这样的场景在我的梦里已经出现了千百次。

那个大男孩就那样站在阳光下望着我从学校里跑出来，那笑容里多了一份坦诚，那披肩的长发变成了平头，还有那眼角眉梢的忧郁已经不见，看在眼里的全是思念与宠爱。我心在发抖，手也在发抖，呼吸在此刻好像已经停止，就那么呆呆地站定，就那么呆呆地四目相对，就那么呆呆地任泪水流淌……

“笨笨，还是那么喜欢发呆，快领我去校长办公室报到吧，从今天起我就是这个学校的一员了。”

我顺从地被他牵起了手，顺从地带着他向校长的办公室走去。“笨笨，这是夜来香的种子，希望现在种上它还不会太晚。等过几天稳定下来，我一定会找来最甜的葡萄压枝，为我的心上人种上。等你返校毕业考试的时候，我们一起去看妈妈好不好？”

我只是紧紧地握着这个男孩的手，清凉的春风把我的长发吹起，空气中流动着幸福与快乐的味道！属于我的爱情最终还是回来了，生活真的很美好，一直很美好。

## 掀帘之缘

苏吟的妈妈说："要知道饭桌上饭菜的质量，绝对和你们在一起生活后感情的质量成正比的。"

一

双手提着满满两大袋食品的阿姨，走到超市门口，望着那厚重的防暖皮帘，对从她身边路过的人说："帮我掀一下帘子可以吗？"

我刚刚伸出手想帮阿姨掀起帘子，结果有一双手比我还要快，伸手便帮阿姨掀起了帘子。

我们的手差一点碰到一起，彼此望了一下对方，善意地给予彼此一个微笑，然后转身离开超市，各自奔向回家路。

转眼来到青岛这个美丽的城市已经有一年半之久，虽然工作辛苦，工资不高，但老板全家一直对我非常好，这让我有了家的感觉，所以并不在意那每月只有两千二百元的工资，起码我有了安身之所，有了一种被人关爱的感觉。

老板从不把我视为外人，她让我叫她阿姨，每天她早起去书屋开门打理生意，我总是先把家收拾得一尘不染，然后再到书屋帮忙。

中午，阿姨接了女儿回家，吃过饭，送走女儿后，用保温瓶把饭为我提来，这样的日子，这样的工作，让我从心里感觉知足。

和老板的女儿关系相处得非常好，每到星期天，阿姨会放我一天假，这时候便成了我和妹妹朵朵最快乐的时光。

虽然我只是在这个家庭里帮忙打理生意和做保姆，但这个善良的家庭给予我人间最温暖的亲情，让我忘记了生活给予自己的苦。

每天披着一肩温暖的阳光或坐在室内看雨在屋檐下织着帘子，坐在书屋里读书，看来来往往的家长送自己的孩子上学，被我视为自己最幸福的时刻。

## 二

天空中飘起了雪花，很快把整个大地装点成了洁白的世界。如果每一片雪花都代表一个美丽的梦，我愿意永远走在这个梦里，不再醒来。

中午送完朵朵的阿姨回来了，她把饭放到我的手里对我说：“默汐，我帮你在一个工厂报了相亲节目，你今年二十一岁了吧，应该找个男朋友，好好谈一场恋爱了。”

虽然内心胆怯和害羞到了极点，但在阿姨的鼓励和陪伴下，我还是来到了相亲现场，成为五号女嘉宾。

两个主持人用自己最大的热情和最幽默的话语充分把“玫瑰之约”的现场气氛调动了起来，现场总是会响起一阵阵的掌声和开怀的笑声。而我的思绪却始终飘在一个缥缈的地方，因为我心里明白，这些和我一起报名的女孩子都有一份比较理想的工作和大学文凭，而我只不过是来青岛打工的农村女孩罢了，在这个以名利和地位为主导的社会里，我没有抱任何的希望可以与其中一位男嘉宾牵手。

男五号和男八号总是把自己的礼物送给我，每当主持人要求找搭档来共同完成任务的时候，他们又总是会走到我的面前来邀请我，并且在现场评魅力小姐的时候，我竟然得到了五票，真的大大出乎我的意料。这让在我身后的阿姨开心得手舞足蹈起来，在我身后悄悄对我说：“我就知道我们家默汐是最棒的，也是现场最漂亮的女孩子。”

那个五号男生从一开始便选定了我，他看上去要比八号男生的个头矮一些，如果八号男生用高大帅气来形容的话，那么五号男生圆圆的脸蛋上配着一双圆圆的大眼睛，看上去好精神也好可爱的样子。

我的身高有一米七二，再加上为我们化妆的美容师的精心打扮，望到镜子里那个漂亮的女孩时，自己都有点不敢相信那就是我。而那个化妆师更是一边为我化妆，一边对我说："你是今天八个女孩中最漂亮、最靓丽的。"八号的高大英俊与我的苗条修长极为般配，所以大家觉得我和八号男生是最般配的一对。

但不知道为什么，对五号男生，我从心里总感觉有一种似曾相识的感觉，他的那份自信的微笑和对我不放弃的精神让我从心里对他充满了好感。

当节目进行到最后速配的时候，是我们女生拿鲜花送给自己心仪的男生时刻，当主持人要我拿着鲜花去送给对面的八个男生中的一位的时候，八号男生后面的亲友团便开始对我一直喊着："八号，八号……"

可是当我的目光与五号那个叫苏吟的男子在这一瞬间再次相撞的时候，我知道，我的选择应该是谁了。我走向了五号男生，把鲜花放进了他的手中。

五号男生从座位上站了起来，激动地一边牵着我的手，一边走向了主持人，然后从主持人的手中接过话筒说道："知道我为什么一直对五号女生情有独钟吗？因为她不但有美丽的相貌，并且还有着一颗善良的心灵。"

然后他又转过脸，深情地望着我说：“或许你已经忘记了，我却无法忘记，当我们同时伸出手为老人掀开超市那厚重的门帘的时候，也就是这样的微笑，让我着迷了。真的，现在突然好相信缘分，从她走进演播大厅的那一刻起，从我看到这份淡然的微笑时起，我知道，今生我认定这个女孩了。”

## 三

爱情就以这样的方式到来了，整个人整颗心被苏吟热情而执着的爱填得满满的。青岛是一个美丽、富饶而整洁的城市，夜色的霓虹灯把这里各种各样的建筑物笼罩上了一层神秘而迷离的彩光。最让人着迷的就是这里的大海了吧，月光笼罩着大地，海水轻拍着海岸，一切显得如此安静与祥和。

苏吟帮我把帽子正了正，然后帮我拉上了书屋的防盗门，我们便漫步在这个美丽城市的夜色中。苏吟用他温暖而宽厚的手掌，把我凉凉的小手握在手心里，让我的心感受到他对我既真实又真切的爱。

转眼间，我和苏吟已交往三个月，已经进入腊月，再有几天朵朵就要放寒假了，因为阿姨的书屋在学校附近，如果孩子们放了假，书屋的生意会相应地淡下来。

从第一场小雪飘起，从那次让我终生难忘的玫瑰之约，到现在，我感觉苏吟是一个对爱情执着、对工作认真、对生活负责的男子，和他在一起让人感觉既安全又踏实。

阿姨看到我和苏吟的感情发展得如此顺利和稳定，也一直在为我高兴着，她对我说："默汐，相信自己的幸福是一直掌握在自己的手中的，好好去谈恋爱吧，好好享受自己的青春与爱情吧。把过去忘掉，把以往忘掉。"

我感动得想哭，阿姨是个善良的女人，如果不是阿姨收留我，我不知道现在的自己会是什么样子，不知道现在的自己还在哪里流浪。

## 四

朵朵放假后，阿姨把我的手放进苏吟的手中说道："带着默汐去享受你们的二人世界吧。"

苏吟带我逛遍了青岛的大小名胜古迹，却唯独不带我去崂山玩，他认真地对我说道："等我们结婚的时候，我们再去崂山，从那里我要锁上我们的同心锁，从此与你相伴一生，再不分离。"

腊月二十八的清晨，天空中再一次飘起了雪花，苏吟一早便跑来对阿姨说："阿姨，我姐姐和姐夫都从广州回家过年，今天妈妈想让默汐去我家坐坐，和爸爸、妈妈还有姐姐、姐夫认识一下。"

从苏吟那里，早就知道他的爸爸是一位大学教授，妈妈在一家商场当会计，姐姐和姐夫都在广州发展。

苏吟用钥匙打开他的家门的时候，我的心紧张到了极点，不自觉地就把自己藏到了苏吟的身后，他回头牵住了我的手，把我领到了他的家人面前。

苏吟的爸爸看起来就是一个学者的样子，戴着一副细细的金边眼镜，头发有些花白，整个人却非常精神。他的妈妈中等个头，稍稍有点发福，但看上去极其高贵。

苏吟开始向我介绍他的家人，苏吟的妈妈走过来拉住我的手让我坐到她的身边，并不停地夸我漂亮，他的姐姐忙着为我冲咖啡，苏吟的爸爸却一再对苏吟的妈妈说："孩子都来了，快去上菜吧，我们开饭。"

苏吟的妈妈便说："忙什么呀，我还没有和默汐说话呢。"

苏吟的姐姐笑着打趣她妈妈："哈哈，妈妈现在眼里只有儿媳，谁也装不进眼里了。"

苏吟的妈妈笑着对姐姐说："去去，快和你老公一起把那个汤做好，然后我们就吃饭。”

姐姐行了一个不标准的军礼，笑着对她妈妈说道：“遵命，母亲大人。”

一句话逗笑了全家人，让我的害羞感和陌生感一下全无，唯一停驻在心里的除了幸福，还是幸福。

## 五

雪下得并不大，风也不大，就那么慢慢地静静地飘落着，让人的内心也平静安详到了极点。我回到家里，站在窗前，望着雪景，想着白天苏吟全家人对我的热情和给予我的幸福，总会有微笑情不自禁地挂到嘴角上来。

突然手机的铃声响起，我急忙拿起手机接听，因为阿姨对我说，她下午关了书屋后会去朵朵的奶奶家，我心想着一定是阿姨不放心我，想问我关于白天在苏吟家的情况。当拿起手机的时候，一看号码不是阿姨的，但我还是接听了：“默汐，你好，我是苏吟的妈妈，我现在在蓝怡咖啡屋，你能来一下吗？阿姨找你有事。”

不知道苏吟的妈妈这会儿找我会有什么事情，我急忙对她说：

“好，阿姨你等一下，我很快就到。”

我一走进蓝怡咖啡屋的门，便感觉里面温暖的气氛与窗外飘落着雪花的寒冷形成鲜明的对比。苏吟的妈妈坐在一个靠窗的咖啡桌前，朦胧的灯光笼罩着她整个人，更显出她气质的优雅与高贵。

看到我进来，她向我微微点头招手。

我走过去坐到她的对面开口问道：“阿姨找我有什么事情吗？”

她停顿了下说道：“默汐，我说话不喜欢转弯，我就直接对你说吧，你和苏吟的交往，我们反对。”

我刚刚端起咖啡的手抖动了一下，差一点让整杯咖啡从手里脱落。我的心沉到了无底的深渊，我以为我听错了。

但苏吟的妈妈接着说道：“你不是青岛人，你的户口不在青岛，更为重要的是你没有文凭，没有一份稳定的工作。”

我想找理由为自己辩解什么，可是张开的嘴被苏吟妈妈的话顶了回来。

“虽然我知道你是个美丽、善良、端庄的好女孩，但恋爱和生活真的是两码事，恋爱中的两个人可以不食人间烟火，为爱而生，为爱而死。但婚姻和生活不同，你们的衣食住行，处处离不开经济的支援，你没有好的工作，没有经济来源和收入，只靠苏吟一个人，要知道饭桌上饭菜的质量，绝对和你们在一起生活后感情的质量成正比的。”

苏吟妈妈的话犀利而现实。

有泪水流了出来，流进嘴角，然后又流进咖啡杯里，我对她说道：“阿姨，苏吟让你来说的吗？难道我们交往这么久，他一直没有对你说过我的情况吗？”

“默汐，苏吟所有的心思都放到你的身上，我可以向你保证，他虽然是个二十七岁的大小伙子了，但你是第一个让他动心的女孩。他不会想得这样远的，他现在心里只想着爱情的美好，根本不会想到你们过日子后经济的窘迫。但我是他的妈妈，是过来人，有理由为自己的儿子争取更好的婚姻生活。”

我的心一直在下沉，手抖动得更厉害，但我抑制住了自己的眼泪说道：“阿姨，你想要我怎么做？”

“默汐，我知道你是个善良懂事的孩子，你也一定会明白我作为一个母亲疼爱儿子的心，我希望你先向苏吟提出分手，并希望你能为我们今晚的谈话保密。”

说完，苏吟的妈妈从包里拿出了一个信封，推到我的手边对我说：“孩子，这是五千块钱，虽然不多，但就算阿姨送你的见面礼吧，用它买点你喜欢的东西。”

我把钱推回到苏吟妈妈的手边说道：“谢谢阿姨，我不需要这些钱，这世间有些东西是金钱买不到的。阿姨，如果没有什么事情，我可以走了吗？”

## 六

雪肆无忌惮地漫天飞舞着，时不时地会偷偷钻进人的衣领，让这人世间的冷更彻底、更通透地与肌肤和灵魂相撞着，如这世间的世俗与薄情。

我无法看到前路的方向，远处有烟花突然灿烂了这个夜空，真的好美，可惜这份美丽真的好短暂，转瞬便灰飞烟灭。谁能读懂你眼底的寂寞？谁能读懂你内心深处的悲伤？回忆开始撕心裂肺：

爸爸是个跛子，一直到他三十六岁那年，奶奶才给爸爸从偏远的边境买来妈妈让他结婚。妈妈生下哥哥和我后，因为受不了这穷苦的日子，跟着一个跑村卖香油的挑担郎走了，从此杳无音讯。当爸爸和奶奶努力把我和哥哥养育大的时候，奶奶也因积劳成疾而离开了人世。

而爸爸的离世，与哥哥有着直接的关系，哥哥与邻村女孩恋爱的时候，女孩的家人和亲戚集体反对，当女孩和哥哥因为爱情私奔后，女孩的家人便找上门来，把爸爸结结实实打了一顿，说这一切都是爸爸教唆的。

从此，爸爸卧床一直没有起来，直到哥哥和嫂子带着他们的儿子回到村子里，爸爸望了他们最后一眼，才安然离世。而我也因为没有钱读书，虽然考高中的时候成绩非常好，但也辍学待在家里。

此时，邻居家一个青岛的朋友想从农村找一个能识字、老实本分的女孩当保姆。邻居看我无依无靠，便介绍我到他的亲戚家做保姆，让我再一次感受到了家的温暖。

阿姨知道我的身世，所以从心里没有把我当外人，尤其是妹妹朵朵，一天看不到我都会给我打电话说想姐姐了。我对阿姨一家永远有感激不尽的恩情，只要我能做的，从吃饭、洗衣到家庭卫生我从来不会让阿姨去做，因为这世间苦命的孩子，对她生活的新环境永远会比幸福的孩子适应能力强。

苏吟妈妈的话一直在我的耳畔回响，有一种疼，让我无法呼吸，是的，婚姻生活，绝对是和饭桌上饭菜的质量成正比的，如果你连起码的经济条件都没有，还用什么来谈论幸福呢？如同我的爸爸，如果不是因为一直贫穷，妈妈便不会舍弃我和哥哥狠心而去。如果不是因为贫穷，哥哥和嫂嫂便不用私奔，嫂嫂的家人便不会来打爸爸。如果不是因为贫穷，爸爸的病一定会治好，爸爸一定还会活在人世。

贫穷真的好可怕，它让我谈不起恋爱，论不起婚，谈不起嫁。把痛留给自己，把爱送给深爱自己的人，决心就在这一瞬间定下。

## 七

我不知道自己是怎么回到阿姨家的，眼前一直晃动的是苏吟的身影，耳畔回响的是苏吟妈妈的话语。苏吟给了我今生最美丽的回忆，虽然这样的幸福时刻并不长，但足以灿烂我的一生。他那憨厚的微笑，他那温暖的怀抱，以及我主动献上的初吻。

走到阿姨家门口的时候，我还是让自己回过神来，把落在身上的一层厚厚的积雪拍打了下来，才拿钥匙打开了门，屋子里的热气迎面扑来，有一种要晕倒的感觉，但我还是稳住了自己的情绪。坐在沙发上看电视的阿姨一家都站了起来，阿姨望着我恍惚的神情，急忙问我：“默汐怎么了，身体不舒服吧？”

我勉强笑着答道：“阿姨没事的，可能是因为外面太冷吧，我有点累了，想早点休息，明天苏吟一早会来找我的。”

可朵朵却扑了过来，想和我玩，阿姨便对朵朵说：“宝贝听话，姐姐累了，让姐姐休息吧。”

阿姨又对我说：“默汐，明天我们要走几家亲戚，你和苏吟在家，家里什么都不缺，和苏吟一起做着吃就行了。”

我点了点头。

我躺在床上，再也无法抑制自己的泪水，明天我不知道应该怎么面对苏吟，再过两天就是新年，就是新的一年的开始。对明年，我的心里充满了希望，苏吟一直对我说：“明年是2008年，奥运会的帆船比赛项目要在青岛举行，我们工会有初步的计划，要为这几期玫瑰之约的情侣在奥运会开幕的那天举行集体婚礼，来庆祝奥运会，这将是多么有纪念意义的事情呀。”

苏吟还无比幸福地拉着我的手说：“我要让你成为世上最美丽最幸福的新娘子，我要用我一生的时间来好好爱你。”

苏吟的这些话让我浮想联翩，让我对未来充满美好的向往，可这一切，真的只不过是梦一场罢了。

## 八

大雪下了一夜，透过窗我看到了一个银装素裹的美丽世界。望着这雪的世界，白得让人的眼睛睁不开的世界，我开始静静思索。

要过年了，我不能把自己的悲伤传染到阿姨家，我不能让苏吟在这个美好的新年中以痛苦的方式度过。

把痛留给自己，把爱送给深爱自己的人，也不枉此生。决心就在这一瞬间定下，等过了年我就回老家，虽然我已是个孤儿。

我开始准备早点，等我准备好了早点，阿姨他们一家三口也都起来了，他们吃过饭后走出家门，我开始打扫卫生等待着苏吟的到来。

等我一切都准备好的时候，我听到了楼梯上传来熟悉的脚步声，心莫名地剧烈地跳动了起来，这是我心爱人的脚步声。

苏吟一进门便紧紧地抱住了我："好冷呀，我要让你给我暖暖。"

我望着他此刻撒娇的样子，像足了一个大男孩。我想挣脱他的怀抱，帮他倒一杯热茶，可他就是不想松开我："默汐，从昨天下午分手到现在，我们已经十七个小时没有见面了，真的想你了。"

说完，他便用他的唇开始寻找我的唇，我想躲开，可苏吟却紧紧地拥抱着我，让我无处可躲。

当他的唇落到我的唇上的时候，我的泪水也流淌进了我们两个人的口中，苏吟以为我这是幸福的泪水，可他怎么会明白我心里的苦。

苏吟在屋子里暖和了一阵，坚持要带我出去玩，他说今天大多的公司都放假了，外面一定非常热闹，要一起去堆雪人，给我买糖葫芦吃，他要送我春节礼物。

我的眼泪又不争气地流了下来。

苏吟一边帮我擦眼泪，一边笑我没有出息：“以后我成为你老公了，会经常送你礼物，如果我对你好一点你就哭，那你不就要天天以泪洗面了。我希望我的女人永远是幸福的，小傻瓜，我要你天天开心地和我在一起，以后不准哭了。”

两个人的唇再一次交织在了一起，我用最温柔的方式回应着苏吟的亲吻。因为我知道，亲吻是恋人之间最直接的表达爱意的方式。

## 九

我最喜欢和苏吟去的地方是海边，宽阔的海滩一夜之间被大雪覆盖，蔚蓝的天、洁白的海滩和清澈的海水交相辉映，美得让人有点炫目。

我一直从心里热爱着这个美丽的城市，可是我知道我和这个城市的缘分要尽了，我和我深爱的人的缘分要尽了。

我牵着苏吟的手不肯松开，我们就在海边笑着、跑着、闹着，望着壮观而美丽的大海。我心里一直在想，大海的内心一定是最热情的，要不在这寒冷的天气中，纷飞的雪花都无法覆盖它，也无法让它结冰，当用手去触摸它的时候，还能感觉到它的温度与温暖。

苏吟为我买了一对毛绒小松鼠："这是相亲相爱的一对恋人，明年是鼠年，你知道鼠代表什么吧，你知道鼠吃白菜代表的是什么吗？"

我摇头表示不知道，苏吟笑嘻嘻地指了一下自己的脸蛋说道："来，给个 kiss 我就讲给你听。"

我笑着捶他："路上的人太多了，先讲给我听，回家补上可不可以？"

苏吟顽皮地对我说道："可要涨利息的哈，走一步涨一个利息，你来负责查一共走多少步，我负责给你讲老鼠吃白菜代表的是什么意思。"

我点头答应："好，我开始数数了，你开始讲吧。"

"子鼠代表的是生命繁衍之神，民间有这样的传统，每到鼠年便会剪一些老鼠吃白菜的窗花贴到窗户上，白菜代表百子，老鼠吃白菜，代表人丁兴旺发达，明年我们一结婚肯定就会有个白白胖胖的大小子，明白了吗，小笨笨？”

接着苏吟又问我：“现在我们走了多少步了？”

我狡猾地笑道：“哎呀，听你讲故事听入迷了，忘记查了。”

我和苏吟一路笑着走回了家，苏吟打开电视看，我开始为他准备午餐。苏吟自己在沙发上坐不住，跑进了厨房，伸出双手便从后面环抱住了我，把唇附到我的耳边问道：“亲爱的，要我帮忙吗？”

我的身体禁不住如触电一般战栗了一下，稳了一下自己的情绪，我推开苏吟的双手说道：“好好看电视，一会儿做好了，你负责吃就行了。”

可苏吟却再一次环抱住了我：“默汐，你知道吗，这样的感觉真的好幸福，真的盼望着你嫁给我的那一天早点到来，就如今天我们的生活一般，我看电视你做饭，或者我给你帮忙，当你的助手。”

我的眼泪再一次不听话地掉了下来：“如果有这一天，我一定会好好地爱你，做最美味的爱心菜来让你享用。”

苏吟把我的身体转正过来，再一次用他的唇压在了我的唇上，热恋中的我们真的如热带接吻鱼一般地喜欢用吻来表达对彼此的深爱。

吃过饭，我和苏吟坐到沙发上看电视，但因为太累，我把头靠在苏吟的肩膀上昏昏欲睡，于是苏吟便把我横抱了起来，想把我抱到我自己的床上。

可当他准备离开的时候，我却伸出双手揽住了苏吟的脖子，然后主动把自己最热烈的亲吻送给苏吟。我的热烈，我身体的颤抖可能有点吓到苏吟了，他下意识地想推开我。可是我心里明白，我爱苏吟已经深入到骨髓和血液，对这样一个值得自己付出一切的男子，我心甘情愿把一个完整的自己送给他，哪怕从此万劫不复，哪怕从此不得超生。

苏吟从一开始的不知所措，到最后因为我的紧紧拥抱，心理和身体都开始有了疯狂的反应，当我用颤抖的双手解开苏吟的衣服的时候，苏吟也开始帮我解开衣服，我们坦诚相对，我把自己的身体紧紧地附在苏吟的身体上，害怕哪怕只是一分钟的远离，他也会从我的身边消失不见。

苏吟把我搂进怀里，在我的耳旁低语："默汐，等过了年，我们就先把婚订下来。"

泪水再一次不听话地流出来，我把头埋进苏吟的胸前，让泪水沾湿了他的胸膛。我用泪水在他的胸膛上刻字："苏吟，你是我今生的最爱，无论以后走到哪里，与你在一起的点点滴滴的回忆，都将会是我勇敢生活下去的动力。这世间，我虽然是个贫穷的孩子，但我的心因为拥有爱而变得不再贫穷。"

## 十

我选择了逃离，因为我根本不知道用什么方式才可以忘记苏吟，他已经深深地刻在了我的心里，他给我的爱是深刻的，是真实的，是没有任何世俗杂念的。

很快春节过去了，我从心里一直怕着时间的前移。我的睡眠严重不足，并且因为偷偷流泪让眼睛红肿起来了。我这副样子，终于无法再躲开阿姨的关注。

当她再一次问我的时候，我把苏吟妈妈反对我和苏吟交往的理由讲给阿姨听了。阿姨听后生气到了极点，她要找苏吟的妈妈理论，但我拦住了阿姨，我对阿姨说："世上没有一个母亲是不爱自己的孩子的，正如苏吟的妈妈所说，他有理由为自己的孩子争取更好的幸福。"

阿姨抱住我说："我就知道默汐是个善良的孩子，现在也没有看到谁饿死在大街上，只要我们勤劳，只要我们认真付出，我们有理由让自己活得更好，我们有理由为自己的幸福去争取。"

"阿姨，我虽然穷，虽然一无所有，但我还有自尊，阿姨不要去，为我。"

我几乎是在求阿姨了。

阿姨无奈地摇头道："可这样的母亲也太自私了，要反对就明着反对，总要给苏吟决定到底分手不分手的权利吧？"

"阿姨，我了解苏吟，他对他的家人极尽亲情之爱，他对我极尽爱情之爱，如果真的讲明了让他选，他会痛不欲生的。"

阿姨终于被我的这句话打动："那你以后怎么办？"

"阿姨，过了元宵节就要开学了，书屋一定又会忙起来，我想阿姨在这几天去家政公司看一下，看有没有不上学想找工作的女孩子，这样我便可以放心回家了。"

当说出"回家"两个字的时候，我的眼泪再一次流了出来，我的家在哪里，茫茫人海，大千世界早把我抛弃。

阿姨："这件事情以后再说吧，你现在主要的任务是好好休息，相信车到山前必有路的。"

## 十一

我开始对苏吟冷漠了起来，他下班再来找我的时候，我总是让阿姨去开门，而自己藏进屋里，然后让阿姨帮忙撒谎，说我不在家。

连续几天这样，苏吟便受不住了，他坚持在阿姨家里等我，一等就是几个小时，阿姨望着心疼，便故意骗苏吟说要出门，要锁门了。

这让苏吟心里难过到了极点，他不能明白到底是什么原因，让我突然对他如此冷漠。而我更是急着想要逃离这里。因为，如果再不走，我相信，我会疯掉的。

很快，叔叔和阿姨帮我在南京找到一份工作。当阿姨和叔叔把我送到去往南京的列车上的时候，阿姨一直在哭，她一直在不停地嘱咐着我："那个医院后勤部的部长和你叔叔是同学，你叔叔已经跟他说了，让他帮你安排一个好一点的工作，这样你便可以实现你的梦想，一边工作，一边去上夜大。这么努力认真的孩子，阿姨相信你一定会找到属于自己的真正的爱情和事业的。"

这是一个母亲在嘱咐出远门的孩子的话语，我已经感动到说不出任何话语。我突然从内心明白，这世间并不缺少爱，而是我们缺少发现爱的眼睛，拥有这样的亲情，我心满意足。

当列车启动的时候，我拨通了苏吟的手机，我还没有开口，眼泪先流进了嘴角，如此苦涩和无奈："吟……"

只这一个字，便让千言万语都堵在了喉咙里。

苏吟看到是我的手机号码，听到是我的声音的时候，他或许是因为激动，或许是因为生气，也有将近一分钟的时间在沉默着，然后他才突然说道：“默汐，为什么不说话？这几天为什么躲着我，不见我？你现在在哪里？我要马上见到你。”

“吟，你再也见不到我了，我已经坐上离开青岛的列车了。”

我想，当苏吟听到我这句话的时候，他一定急疯了，或许是因为感觉自己听错了：“默汐，你在说什么，你再说一遍，我没有听清楚。”

他几乎是吼着对我说话。

“我已经离开青岛，你再也见不到我了。”

不知道为什么，我的心突然平静了下来，说话的声音也平静了下来。

“为什么？默汐，你要知道你是我的妻子，你的一切现在都与我有关，你怎么可以自作主张离开这里而不对我说呢？是我做错了什么，你说我改，但你不能这样残忍地离开我。”

苏吟的声音变了。

“吟，是我不对，我在自己的家乡已经有订婚的对象，我不应该隐瞒你，我要回老家结婚了。”

说完我关上自己的手机，不再顾及别人的眼光，趴到桌子上放声大哭了起来。

## 十二

转眼来到南京已经两个月，南方的春天总是比北方要来得早些，一切美好的生命，都在这初春里焕发着蓬勃的生机，然后用自己最优美的姿势成长着。

叔叔的同学因为知道我的家庭状况，所以在我来到南京后便被他安排进了他所在医院的洗衣房工作，他用抱歉的眼光望着我说道:“真不好意思，医院后勤没有什么干净的活儿，要么打扫卫生，要么进洗衣房。都是很累的。”

我对他说:“叔叔，这已经很好了，我是在农村长大的孩子，这些活比农活轻快多了，什么工作我都能做好的。”

这是一家三甲医院，后勤工人的工资也不低，这让我有足够的资本来学习了。虽然不能圆爸爸让我上大学的梦，但我可以用自学的方式学一个可以养活自己的专业，凭自己的能力找到一份不错的工作，或许这就是我所有生活的希望吧。

白天我用工作来麻醉自己，晚上我用学习来遗忘自己。可是我知道，有一个人我永远无法忘记，每当夜深人静，他的身影就会出现在我的脑海与心灵最深之处，那份牵挂的痛，那份思念的痛，让我泪流满面。

两个月的时间，如两个世纪一般漫长。这两个月我狠心没有给阿姨家打电话，因为我怕听到阿姨的声音，我怕听到阿姨的哭声，我怕因为思念而让自己无法说出话来。

那种疼，如若不是亲历，又怎么能深切体会？那种念，如若不是因为爱得痴狂，又怎么会日日想念？日记本上，笔尖下的文字，只是反反复复地写着两个字——“苏吟”。

我真的好想他，真的好想听到他的声音，当我不顾一切拿出手机想拨通他的号码的时候，一个女子的声音又在我的耳旁响起：“要知道饭桌上饭菜的质量，绝对和你们在一起生活后感情的质量成正比的……我是他的妈妈，是过来人，有理由为自己的儿子争取更好的婚姻生活。”

苏吟妈妈的这几句话彻底把我打败了，如一瓢冷水当头泼来，惊醒了我的美梦。我按了一半的手机号码停了下来，突然患得患失起来，如果苏吟真的爱我，这么长时间，他应该找到我了。如若他不爱我，这么长时间，我再拨打这个电话的意义又是什么呢？

# 十三

突然看到宿舍外叔叔的朋友站在那里，他在向我招手，不明白这个时候他怎么会来找我，难道是叔叔家里出了什么事情？另一种亲情的牵挂一下又紧紧地拽住了我的心，我急忙跑出了宿舍。

“默汐，快跟我走，苏吟住院三天了，生命垂危，你阿姨打来电话，要你用最快的速度赶回去。”

我听完整个人虚脱了，用手一下扶住了叔叔的朋友，因为思念和担心苏吟，我已经吓得不会走路。

叔叔看到我这个样子，便鼓励我说：“默汐，一定要坚强，苏吟还在用心呼唤着你，在等着你。”

我理了一下思绪，哭着对叔叔说：“好，那我想立刻见到苏吟，叔叔我求你了，就现在马上把我送回青岛好吗？”

“我也是这个想法，找了一个同事和我轮流开车，我们走高速，现在是十九点四十，到达青岛要五个小时左右吧。”

我坐上叔叔的车，他和他的朋友一个开车，一个坐在副驾驶座上休息。我拨通了阿姨的电话，当阿姨听到我的声音的时候，阿姨的声音也哽咽了起来：“默汐，真是苦了你了，但苏吟这两个月的日子比你还要苦，他听说你要回老家结婚，整个人一下都傻了，他不相信这是真的，他说明明你们分开之前彼此是那样恩爱和开心，这不是真的，他就到你的老家找你，可是却得知你没有回老家，于是他就天天到阿姨家里和书店里来等你，来向阿姨打听你的消息，阿姨真的快要被他逼疯了。但想到苏吟的母亲，阿姨还是狠下心来没有对他说出你的去向，结果他就病倒了，口口声声喊着你的名字。苏吟妈妈把苏吟所有的疼都看在眼里，她知道自己错了，这次阿姨给你打电话，是苏吟妈妈亲自来求阿姨的，她说她知道错了，她想给儿子的是幸福不是痛苦，只要你回到苏吟的身边，她什么条件都会答应你的。”

听着阿姨讲述这一切，我对着电话百感交集，一句话也无法说出来。

阿姨接着安慰我说：“苏吟现在在医院，不肯吃饭，已经三天滴水不进了，他说没有你，他的生命已经没有了意义。”

凌晨三点，我们赶到了苏吟所住的医院，一下车，便看到了阿姨和苏吟的妈妈等在医院门口，苏吟妈妈要阿姨去招呼两位叔叔，她便领着我直奔苏吟的病房。

我望着病床上的苏吟，再也无法控制自己，他瘦了，瘦得已经不再是那个朝气蓬勃、阳光温暖的大男孩。他闭着眼睛，处于昏睡状态。

当我的哭声把他惊醒的时候，他以为自己是在梦里，他不敢相信自己的眼睛，然后他用手来牵我的手：“默汐，你真的是默汐吗？你听到我呼唤你的声音了对吗？你终于进到我的梦里来了对吗？为什么越是思念一个人到疯狂地步的时候，她越是不进自己的梦里来呢？”

苏吟说话的声音好缥缈。

苏吟的妈妈听着苏吟的话也流下了泪水，我想这些日子来，她的痛苦一点也不比我和苏吟的少，她轻轻地帮我们带上了门走了出去。

我一把抱住苏吟：“苏吟，这不是梦，我是你的默汐，我回来了，再也不离开你了。”

我真实的拥抱与哭声让半梦半醒之间的苏吟清醒了过来，当他确定是真实的我回来了的时候，他抱住我如孩子一般哇哇大哭了起来，我们用哭的形式来诠释这两个月来对彼此的牵挂与思念。

## 十四

一直以为，这世间本没有“相思病”，所谓的相思病，只不过是那些剧情为了渲染男女主角相爱的深刻而杜撰的，但当与苏吟经历了爱情的磨难后，我信了，深信这世间真的有相思病。

一个星期后苏吟出院了，他本就是一个身体健康并对生活充满热情的人，他住院的主要原因是心力交瘁、相思成疾造成的。我的到来解了他的相思，当他心情好起来的时候，他的身体便也跟着鲜活起来了。

苏吟的妈妈用双手同时抓住了我和苏吟的手："孩子，是妈妈错了，妈妈从今以后一定全力支持你们这份真挚的爱情，原谅妈妈的幼稚好吗？不要记恨妈妈。"

我用双手抱住了苏吟的妈妈："阿姨不要这么说，我知道阿姨的出发点是好的，我怎么会记恨您呢？只要阿姨肯接受我，我一定用我全部的爱来对待苏吟，我一定用我全部的孝心来对待您和叔叔。"

苏吟在一旁却不高兴起来："我们现在已经是一家人了，我妈妈就是你的妈妈，我爸爸就是你的爸爸，如果再管爸爸妈妈叫叔叔和阿姨，我要把你驱赶出家门了。"

原来这世间，幸福从来不会亏待真心对待它的人，只要我们用心去爱，去真诚地生活和工作，幸福就会紧随我们左右。

三个月后，青岛崂山，我和苏吟锁上了我们的同心锁，从此携手一生，相伴到老。

# 第二章 / 带你去看海

今天　所有的汉字都去赶海了
灯光明灭　晨曦微露
人间一粒又一粒的烟火
在一座莲花台上打坐
生活和面包与天空的星星对视
在繁华深处　让故事盛开
对着流年朝拜

## 最深的烟火深处遇见你

这世间并不是所有的遇见都是美好爱情的开始，许多遇见只不过是彼此生命中匆匆的过客罢了。

一

望着站在自己眼前亭亭玉立的女儿，夏紫的心里便溢满了幸福。再有几天，女儿就要去某名牌大学上学，回首自己成家后这二十多年来的日子，真的可以用幸福满满来形容。与老公恩爱有加，十八岁的女儿听话争气，从小学到高中基本不用自己操什么心，现在顺利考上了她心中理想的大学。

夏紫对自己的生活满意着，也知足着。虽然生活在小城市，但老公绝不是那种封建思想严重的人，夏紫曾经不止一次要求再给老公生个儿子，可每次都被老公拒绝："你不心疼，我还心疼呢，看你生孩子那会儿生不如死的样子，我都快心疼死了。女儿好，我喜欢女儿，一个女儿足够了，这样我们的小日子没有压力，等女儿长大成家了，我们老两口就可以云游四方了。”

可思想传统的夏紫却在结婚的这二十几年内，有无数次要给老公再生个儿子的念头，总感觉不给老公生个儿子，就对不起老公似的，一直到自己四十不惑之后，望着初长成的女儿如此漂亮、听话，夏紫的内心感觉无限满意和知足了起来，从此，她便打消了再生一个儿子的念头。

再过几天女儿就要正式去学校报到，夏紫一边帮女儿整理行李，一边看还需要帮女儿买什么东西，把女儿需要的都一一列出清单，然后叫了女儿一起去超市。

女儿把夏紫手里的车钥匙拿到自己的手中：“我来开车，妈妈。”

“你才刚刚拿到驾照，还是我来开吧，等以后你熟练了再开。”

女儿：“没事的妈妈，我保证安全把你带到超市，再安全把你带回家。”

女儿撒娇一般揽住夏紫的脖子。

女儿开着车，越开越开心，于是对她妈妈说道：“妈妈，我们到最远的超市吧，我想多开会车。”

温柔的夏紫总是不忍心拒绝女儿的要求，何况是女儿刚刚把证拿到手中，正热乎的时候：“好吧，我闭上眼睛，你把我拉到哪个超市，妈妈就进哪个超市，今天你老妈的生命安全就交到你的手中，由你做主了。”

女儿开心地轻呼了一声：“老妈万岁！我一定会认真保护好老妈的生命安全。”

本来住在城东的母女两人，硬是把车开到了城西距离她们家最远的一个超市。

夏紫一边下车，一边对女儿说：“闺女，开车还可以啊，又稳当，又有主见，有你老爸的风范。”

女儿：“不提爸爸还好，提爸爸我就生气，三天两头不见人影，我真怕我走的时候，又只有你一个人送我。”

“闺女放心，昨天你爸爸打电话跟妈妈说了，你走的时候，哪怕他再忙，也要抽时间送你，他说咱们一家三口要好好玩玩，把你去学校路过的所有风景都逛遍，再送你回学校。”

女儿一听妈妈向自己如此保证，很快心情又开朗了起来。

在夏紫的心目中，女儿是永远长不大的孩子，她把平时女儿喜欢吃的零食拿了又拿，不一会儿就拿了满满一手推车，女儿望着妈妈帮自己拿的零食，哭笑不得：“妈妈，你是不是准备让我到学校后以零食为主，不用吃饭了啊？或者我直接在学校开个超市算了。”

“反正你爸爸开车送我们，多拿点没关系，省得你到学校后不熟悉新城市的环境，买不到自己爱吃的东西。”

两人一边说一边结了账，提着大袋小袋坐上了超市的电梯。与此同时，迎面走来一对男女，让夏紫的心瞬间凝固了，那男的怎么会如此熟悉，那女的看上去已经怀孕七八个月的样子，男的在一旁小心地呵护着那女子，那种关怀与恩爱，让每一个路过他们身边的人都投去羡慕的目光。

夏紫闭上眼睛，然后又睁开，她一时无法确定是不是自己看错了。但女儿也看到了与他们擦肩而过的那对男女，女儿直视着男子惊讶地呼叫了起来："爸爸……"

那一心一意呵护自己身边女人的男子显然被这一声"爸爸"惊吓到，当他抬起头与对面夏紫母女对视的时候，他的表情在几秒钟的尴尬之后，很快恢复了正常。

电梯一个上，一个下，就这样让他们擦肩而过了。

夏紫的心一下变得翻江倒海起来……

她站到电梯口，回头看已经上到楼上的那对男女。

已经上到楼上的夏紫的老公江明远，一边对自己身边的女人说了几句话，一边很快又登到了下楼的电梯上，让电梯缓缓把自己带到了夏紫和女儿的身边。

明明昨天这个人还对自己说这两天要好好在公司处理事务，然后抽出时间送女儿去学校报到，一家人再顺路玩个痛快的，为什么今天就碰到他陪了个怀孕的女人逛超市呢，并且他还用手搀扶着那女子，如果不是关系不一般，两个人能有如此亲密的举动吗？

诸多的疑问在夏紫的心里慢慢形成。

当她再抬头望向电梯口的时候，发现和老公一同而来的女子已经消失在电梯转角处，夏紫想让自己再一次闭上眼睛确认下，或许这一切都是自己的幻觉。

## 二

夏紫知道，一切都是真实的，老公江明远就这样真真实实地站在了自己的面前。

江明远一边接过夏紫手里提的东西，一边对女儿说道："闺女，你和妈妈怎么跑这么远逛超市啊？"

女儿并没有回答爸爸的疑问，而是直接问江明远："爸爸，你身边那个女人是谁？"

江明远："爸爸一个朋友的妻子，因为她家里这几天没有东西了，朋友出差前让爸爸陪着他妻子买点东西回去，这不爸爸才抽出时间带她来买些东西的。"

夏紫把车钥匙从包里掏出，对女儿说道：“宝贝，你自己先开车回去吧，妈妈陪你爸爸还有他朋友的妻子买东西。”

女儿轻轻地拍了一下夏紫的手，然后拿过妈妈递到自己手里的钥匙走出了超市。

夏紫对江明远说道：“走吧明远，我们一起陪她去买东西。”

此时，江明远的手机铃声响起，江明远一边看手机号，一边犹豫着是否接这个电话，他望着夏紫，还是接了电话。

手机的另一端：“明远，我先回家了。”

非常简单的一句话。

江明远答应了一声：“你自己路上小心。”

夏紫：“怎么了，我去陪你朋友的妻子不行吗？我看她怀孕也有七八个月的样子了吧？”

江明远无奈地摇了一下头：“她回家了。”

夏紫的话语里明显有了生气的语气：“怎么，就愿意让你陪，不愿意让我陪啊？”

江明远的表情依然非常淡定：“她可能也没有想到会遇到你和女儿，害怕一时半会解释不清楚，所以不敢让你陪吧。”

夏紫：“心里又没有鬼，解释什么啊？只有心里有鬼的人才会想着随时怎么说谎，怎么把黑解释成白，把白解释成黑，把谎言说得比实话还像实话。”

江明远：“老婆，这不是咱们聊这些话题的地方，你看看电梯上下和路过咱们身边的人太多了，我们找个地方好好聊行吗？这件事你真的是误会了。”

夏紫径直向超市外走去，江明远紧紧地跟在她身后。

当夏紫走到超市十字路口的红绿灯时，来来往往的车辆一下淹没了夏紫内心的忧伤，整个世界在她的眼前静止了下来，她看不到车辆的飞驰，听不到世界的喧嚣，看不到对面那巨大的红灯正瞪着血红的眼睛看着自己，她只管向前走。

江明远一个箭步把夏紫的手握到了自己的手中，把她从路中间拉了回来，又拉着夏紫的手来到超市的车库，他打开车门，把夏紫推进车里，自己才坐到驾驶座上。

## 三

此时的夏紫情绪突然变得极为平淡与冷静起来：“如果你公司不忙，我们回家吧，你答应我后天要送女儿去学校的。”

江明远：“好。”

两个人就这样在女儿前脚进家门的时候，后脚也跟着走进了家门。

夏紫没事人儿一般为父女两人做了一顿丰盛的晚餐，女儿看到父母并没有什么事情，自己也开心了起来，吃饭时还问江明远：“爸爸，妈妈说的是不是真的，你要送我去学校，再顺便带我和妈妈玩一圈。”

江明远立刻点头道：“当然是真的了，明天爸爸去公司交代一下工作，晚上准时回来，在家好好休息一个晚上，然后后天一早带你们母女两人出发。”

女儿开心地高呼了一声：“老爸、老妈万岁！”

吃过饭女儿和同学相约出去玩，整个家突然就安静了下来，如果是平时，只要江明远在家，夏紫和江明远总是有说不完的话，要么聊公司，要么聊工作和孩子，要么两个人就天南地北地聊着，心与心近到没有任何的隔阂。

虽然已是不惑之年，但两个人只要在一起，便如孩子一般调皮，彼此喜欢喝一个杯子里的水，喜欢动手动脚地开玩笑。或许正是夫妻之间的这份和谐与幸福，让他们的女儿时时感觉到安全与温暖，所以女儿比起别人家的孩子，少了叛逆，多了温顺。

正是因为这样的家庭氛围，夏紫与女儿也如朋友一般，有时候，夏紫还会开玩笑地问女儿：“闺女，你们班那么多同学都谈恋爱了，你怎么不谈呢？是不是我闺女长得太丑，没有男生追求啊？”

此时的女儿便会笑着对夏紫说：“这世界上就没有见过你这样的妈妈，人家的妈妈都怕自己的孩子早恋，你倒好，一心想让我早恋，如果我早恋了，学习成绩落下怎么办，你都不知道学校有多少男生追求我，您闺女我就是不动心，因为我的目标明确。”

夏紫的嘴角就会往上翘起，她心里明白，越是与女儿如朋友一般地聊天和沟通，孩子越是不会叛逆与抵触，对她的身心发展和学校生活都是有帮助的。

夏紫拉回自己的思绪，把碗筷整理好。江明远早已习惯性地打开电视看自己爱看的节目，并把茶水倒好。

如果是平时，夏紫会做完家务，很正常地坐到江明远的身边，两个人一边一起喝一杯茶，一边一起争着看自己喜欢看的电视节目。但今天的夏紫没有到江明远的身边，而是直接洗漱完上床去睡了。

江明远看夏紫并没有和他坐在一起看电视，他也感觉无趣起来，起身把电视关了，向卧室走去。

他伸手想把夏紫揽进自己的怀里，夏紫挣脱道：“早点休息吧，你明天还要去公司处理事情，后天又要早起出发。”

江明远知道此时的夏紫不想和自己多说话，他便知趣地缩进被窝，关上手机不再言语。

夏紫望着江明远安静的手机，突然眉毛就轻挑了一下，自己平时真的是一个粗心的女人，因为相信江明远，从来没有在意过生活中的这些细枝末节。此时的夏紫才突然发现，江明远在家最在意的东西就是他的手机，进了家门，总是直接关机充电。就算不关机，也从来不会让手机离开他的视线，就是去洗漱的时候，也要借故把手机带到身边。此时的夏紫才恍然大悟，原来，这手机里有太多江明远不想让自己知道的秘密。

想到此，夏紫轻轻地叹息了一声。

这声叹息自然落进了江明远的心里，但江明远知道，夏紫不问，他所有的解释都是无力的。

## 四

夏紫看江明远钻进了被窝，便轻轻地起身下床，她要到客厅去等女儿。女儿是个非常守时的孩子，夏紫对女儿的要求是晚上和同学玩不得超过九点。望着时针再有半个小时就要指向九点，夏紫走到客厅，把客厅的灯打开，她不希望回来的女儿看到家里漆黑一片。

躺在床上的江明远望着夏紫把卧室的门关上的背影，心跟着疼了起来，他想起身去陪夏紫，可坐起来后又躺了下去，他知道此时如果自己去陪夏紫等女儿，两个人只不过是空望着不说话，反倒会让女儿感觉两个人在生气了。

夏紫伸手把电视打开，然后让自己呆呆地坐到了沙发上：

二十二年，转眼与江明远生活在一起已经二十二年了。

夏紫感觉自己是世上最为普通的女子，当初江明远向自己示爱的时候，夏紫吓了一跳，她不敢相信江明远会爱上自己。在班级里，江明远太优秀了，而自己太普通了，如此不起眼，普通到有时会让同学忽略自己的存在。而身为班长的江明远周身上下都闪着光，发着热，成为女孩们心目中的白马王子。

记得在一次全班同学的聚餐上，老师问起了同学们以后的想法和打算，同学们都意气风发地说着自己的伟大目标和远大理想。当问到夏紫的时候，夏紫便对同学们说："我是个普通的女孩子，理想不大，以后希望能有一份养活我的工作，能找到一个爱我的人结婚共度一生就行了，因为普通，因为平凡，所以我会珍惜我得来的工作与爱情。"

老师听着夏紫以后的理想，就轻轻地笑了："很实际，也非常容易实现。”

第二天，当夏紫从书本里发现江明远的情书时，夏紫的心里便蹦进了一头小鹿狂跳不止。夏紫无论怎样也不敢相信这情书是江明远写给自己的，江明远帅气而高大，夏紫如果站到江明远的身边，自己的头顶只能到达江明远的肩膀，无论是自己班级的，还是别的班级的，追求江明远的女生不计其数，江明远怎么会给自己写情书呢？夏紫把情书悄悄压了起来，没敢声张。

当收到江明远第二封情书的时候，夏紫才相信江明远是真心想和自己交往，江明远在情书里这样赞扬夏紫：“你就是一朵茉莉花，只要走近你的身边，便会让人感觉到舒服的气息。”

三年的恋爱，二十二年的婚姻生活，两个人一直恩爱着，每当看到身边的人因为背叛婚姻而吵得惊天动地的时候，夏紫总是从内心对自己说：“夏紫，你好幸福，在这个浮躁的社会里，你能一直拥有这样的幸福，真的不容易，一定要好好珍惜。”

想到这里，夏紫的心再一次翻江倒海起来。

为什么面对外面世界的诱惑，所有的婚姻与家庭都如同虚设？如果两个人的心不在一起了，无论你怎么努力，一切都是枉然，不是你做错了什么，而是你无论做什么，另一半都看不到眼里去了，入不到心里去了。对于家庭的责任感早已薄到如透明的蜡纸，轻轻用手一触碰便会让所有的真相都从纸背里溢出，那些肮脏、那些不堪很快把幸福重重围住，坚固得如同铜墙铁壁一般，让幸福再也找不到突破的缝隙。而此时的欲望与贪婪张着血盆大口，把恋恋红尘吞没在自己的口中，唱着花天酒地，笑着人世痴情。

## 五

钥匙旋转门的声音把夏紫的思绪拉回现实，她的脸颊上早有两行清泪流出，夏紫轻轻擦拭掉泪水，女儿打开了门站到了她的眼前。夏紫让女儿快去洗了睡觉，女儿便在夏紫的脸上轻轻吻了一下："妈妈，我爱你。"

冰冷的心里瞬间充满了爱意。

夏紫轻轻地把女儿环在自己的怀里，踮起脚在女儿的脸颊上也轻轻地亲了一下："宝贝，我也爱你。"

女儿便欢快地走进自己的房间，对着夏紫做了一个开心的鬼脸，然后把门关上。夏紫把客厅的灯熄灭，转身向自己的卧室走去，当她伸手想打开卧室门的时候，手却凝固在门把上，然后她转身向楼上的客房走去。

夏紫知道，她与江明远的起步，要比其他同学高许多，江明远不仅人长得帅气，家庭条件也是非常优越。

当初江明远把娇小的夏紫领回家的时候，江明远的父母因为不接受夏紫的身高而强烈反对江明远和夏紫交往，但江明远却对父母说："你们先了解我爱的女孩后，再对我的爱情指手画脚好不好？"

结果当夏紫真正和江明远的父母交往后，江明远的父母很快就喜欢上了夏紫。

江明远辞去自己理想的工作，开始创业，夏紫打理家庭照顾孩子。江明远的父亲本身就是个生意人，生意一直做得不错，别人做生意要贷款，而江明远却是直接从父母那里贷款，压力自然就小了许多。等江明远把父母借给自己的钱还清的时候，他的公司已经开得非常成功。但无论怎么忙，江明远每个星期都是雷打不动地回家陪夏紫两个晚上。

在夏紫面前江明远展现的永远是他孩子气的一面，一个长不大的孩子的一面，回到家他会非常依赖夏紫，如果回家看不到夏紫，他会打电话满世界地找她，还会表现出生气和委屈的样子："我一回家，就希望我的女人给我开门，如果你不给我开房门，我就没有安全感，心里会变得非常不安。"

所以夏紫每次算准江明远要回家的日子，如果自己不得已出门，会先给江明远打电话，自己要去哪里，几点回家。这样江明远就可以晚一点从公司回来，回到家夏紫便可以给他开门了。

两个人一直如此恩爱着，彼此珍惜着，可这恩爱与珍惜却是生活背后的假象，夏紫找不到江明远背叛婚姻的理由，找不到自己哪里做得不好。

夏紫心里明白，这世间的背叛真的是没有理由的，就是突然间欲望的冲动，以后便是无休止的婚外情、婚外恋，让你欲罢不能，越陷越深。刺激着、害怕着、享受着，而一旦这种背叛揭开，要么就是家庭的支离破碎，要么就是婚外情的结束。本来的幸福、恩爱与美满被闹得鸡犬不宁，支离破碎。

## 六

送女儿去学校的整个行程，夏紫都是强颜欢笑的，虽然江明远一直对自己照顾有加。夏紫有低血糖，再加上是初秋季节，江明远怕夏紫在游玩的时候吃饭不及时，如果再流汗会犯低血糖，于是他买了葡萄糖放在车里，只要看到夏紫累了或流汗了就会拿出葡萄糖让夏紫喝下一支。一直以来，只要夏紫和江明远出远门，这是江明远必备的东西。

一个星期后两个人把女儿送进了学校，返回家中。

夏紫一直在想，等把女儿送回学校，她一定要好好盘问江明远，她要江明远给自己一个解释。这几天来，她一直注视着江明远的手机，悄悄聆听着江明远接的每个电话。她发现，只要是男的打给江明远的电话，江明远都会在她面前大声接听，可有些电话，江明远却是接听得含糊其词，很快挂掉。

夏紫开始从内心嘲笑自己自以为是的幸福，夏紫想起自己与江明远结婚前说的话："如果你犯罪了，只要不是死刑，我只要嫁给你了，就会一直等你，但如果在婚姻里，你背叛我了，我会义无反顾地离开你，我容不得婚姻的不忠、不实与背叛。"

当时的夏紫说得很认真，江明远答应得也很认真。

想到这里，夏紫禁不住让自己从鼻孔里"哼"了一声，这声冷笑把夏紫笑得泪流满面。

夏紫拿起笔，想写离婚协议，但一个字也没有写出，却让那洁白的信纸上落满了泪水。夏紫发现，这世界上，她除了拥有江明远和女儿外，便一无所有，如果自己再失去江明远，有一天女儿终要嫁人离去，那么，她将何去何从？如此孤单的生活，还有什么意义？

这几天由于休息得不好和思想的混乱，本来消瘦的夏紫，明显又瘦了一圈。

此时，江明远的电话打来：“夏紫，我快到家了，你下楼吧，我们晚上一起出去吃顿饭。”

回到公司的江明远怎么又折回来了？

夏紫本想拒绝江明远，想对他说自己吃过了，却还是习惯性地心口不一地答应了下来：“好，我这就下楼。”

## 七

夏紫走下楼的时候，江明远的车子正好也到了楼下。

两个人来到酒店包间的时候，夏紫一下愣住了，包间里已经坐着一对男女，那女的正是那天自己碰到的和江明远一起逛超市的女子，男的夏紫并不认识。

江明远一边指着那对从椅子上站起来的男女，一边向夏紫介绍道：“这是小木，这是小木的妻子。”

然后他又对那对男女说：“这是你们的嫂子夏紫。”

小木的妻子急忙把身边的椅子拉开：“嫂子，来，坐这里。”

夏紫便听话地坐到了小木妻子的身边。

夏紫突然感觉自己的一颗心被一缕阳光照耀了进来，把这些日子的阴霾一下给照得无影无踪。

江明远专注地望着夏紫，把菜单放进夏紫的手里："你来点菜吧。"

夏紫把菜单放进了小木妻子的手中："孕妇优先，你来点吧，喜欢吃什么，尽管点。"

在江明远与夏紫开车回家的路上，望着城市的灯火通明，夏紫望着江明远开车时帅气的模样说道："江明远，你依然还是这么帅气，比年轻的时候更是多了一份成熟的魅力。"

江明远扭头对夏紫露出了一个深情的微笑："那当然了，你不看我是谁的老公啊！"

夏紫便也笑了："臭美的你。"

江明远把车子停在了路边，然后轻轻地把夏紫揽进自己的怀里："老婆，我想好了，咱们闺女也去上大学了，我怕你一个人在家孤单，以后你到公司来上班吧，这样我们同进同出好不好？"

夏紫："老公，谢谢你。"

夏紫的眼泪如开闸的洪水一般流淌而出。

江明远："对不起，老婆。"

夏紫："为什么不早对我说，害我难受这么多天？"

江明远："我知道，女人是最敏感和最没有安全感的动物，我知道越说越解释不清楚，如果想解释，就要解释得明明白白才行。现在的人对感情看得如此淡，对婚姻充满诱惑的东西太多，我不管别人的爱情怎样，但我一定要珍惜自己的爱情，谢谢你老婆，给我一生的爱，从不改变初心的爱。”

夏紫幸福地依偎在江明远的怀里：“老公，我爱你。别人都说婚姻里没有爱情，只有亲情，但我知道，如果婚姻里只有亲情，是无法维系好夫妻关系的，婚姻里爱情与亲情是并存的共同体。”

月亮很美、星星很美，你听，花前月下的幸福，一直在轻轻吟、浅浅唱。

## 华美的袍子上落满繁花

一切随缘吧，应该来的不会走，应该走的不会来。面对生活这袭华美的袍子上的繁华与热闹，唯有保持一个真我，一个不要失去自己的真我。

### 一

已是中秋时节，风吹着细雨打到脸上，让人的内心充满悲怨与秋凉。夏兰在快走进蓝月亮咖啡屋的时候，用手轻轻抿了一下自己的头发，发梢上的雨水便让手掌湿润开来。她拿起手机，拨通了那个熟悉得不能再熟悉的电话号码：“枫哥，我在蓝月亮咖啡屋，你能来一下吗？”

“兰儿，你等我，十分钟就到。”

她默默地挂了电话，呆呆地站在路灯下，回忆一下变得悠远起来，穿过这清冷的夜色，茫茫雨帘下，这个尘世让人一眼望不到边际。

十几年的婚姻，十几年的相濡以沫，不如网络上几个月的聊天情感，感情的天平竟然就这样倾斜了。

夏兰正想去睡，这时在电脑前玩累了的老公苏培元对她喊道：“亲爱的，我明天有事还要早起，今天我要早睡，来，你用我的号玩游戏吧，实在太累，这个任务做不完又舍不得下线。”

正好孩子也睡了，因为白天睡太久而无法入眠的夏兰，开心地对苏培元说：“今天这么好，主动把电脑让给我。”

这对于两个都是网络游戏迷的人来说，真的是一件不容易的事情。

夏兰一边轻轻地哼着歌儿，一边开始帮苏培元做任务，突然看到左下角一个头像在闪动，呵呵，粗心的苏培元竟然忘记关掉自己的QQ了，点了那个闪动的头像，夏兰想帮苏培元把QQ关了，可是那个弹出的聊天框的内容，却让夏兰有一种无法呼吸的感觉：“老公，在做什么，怎么突然不说话了？”

怎么会是这样的聊天内容，这个叫自己的老公为老公的女人又是谁？好奇与想一探究竟的想法立刻闪现在夏兰的脑海里。

夏兰打开了苏培元与这个女网友的聊天记录，当一幕幕不堪入目的聊天内容展现在夏兰的眼前的时候，几百页的聊天记录，她只看了十几页便再也无法控制自己的情绪，怒气冲冲地冲到了床前，把正准备入睡的苏培元一下从床上揪了起来："你过来，这个女人是谁，你们见了多少次面了？"

苏培元也一下惊呆了，大概在后悔自己的粗心，怎么就粗心到忘记关 QQ 了呢？或许是因为一时也不知道从何解释，苏培元只是对夏兰说道："你听我说老婆，不是你想象的那个样子。"

夏兰有一种想疯掉的感觉："是的，不是我想象的样子，而事实就是这个样子。"

夏兰感觉自己如果再不走出这个家门，她就要爆炸了，就要疯掉了，苏培元一把没有抓住，她疯了似的跑出了家门。

冷冷的秋雨却不能冷却夏兰发热的头脑，想到自己也是一个网迷，聊天也有聊同城的网友，但自己却是一个有原则的人，在内心为自己定下了一个规矩："无论聊得再好的网友，也绝不见面。"

与这个名字叫枫霖的男子也聊了大概有一年的时间了吧，他们是同城的，有着同样的爱好，枫霖比夏兰大四岁，所以夏兰喜欢叫他枫哥，他喜欢叫夏兰为兰儿。虽然枫霖不止十几次地约夏兰见面，但夏兰却直言对他说道："我的聊天原则是永不与网友见面。"

从此枫霖再不说与夏兰见面的事情，并对她说："我把我的手机号码给你，只要你需要，一个电话我会到你身边来的。"

九点后的小城，路上的行人并不多，咖啡屋里散发出的灯光显得迷离而朦胧，这夜色因为朦胧而变得暧昧起来。

小雨比刚刚似乎又大了一些，丝丝缕缕、缠缠绵绵的。路两旁浓绿茂盛了一夏的梧桐树上如芭蕉扇一般大的叶片不知道什么时候变成了淡黄色，并如此弱不禁风，只是被这秋风轻轻一吹，秋雨轻轻一打，便如无根的浮萍一般孤独地从树枝上飘落了下来。很快便有晶莹的雨滴落在叶片上，倒映着路灯迷离的光芒。

细雨打在身上，寒冷透骨一般袭来，夏兰下意识地抱住了自己的双肩，因为从家里跑出来的时候穿的是一身休闲的短袖衫和九分裤，她真的感觉好冷。

## 二

正在夏兰不知所措的时候，突然一把雨伞静静地挡在了她的头顶上。夏兰抬起头，正好与一双关切的眼睛相遇，她再也无法控制自己的眼泪，夏兰靠在那个为她撑起雨伞的男子的肩头轻轻地抽泣了起来。

枫霖把夏兰拥进了蓝月亮咖啡屋，要了两杯咖啡，然后轻轻地把纸巾放进了夏兰的手里，他示意夏兰擦干眼泪，并风趣地对夏兰说:“兰儿，把眼泪擦干吧，要不别人还以为是我欺负你了呢。”

夏兰听话地把眼泪擦干，枫霖接着对夏兰说道:“你的手好冷，用手捧着咖啡杯吧。你看它静静地冒着热气，让人感觉好温暖的，再听听这优美的音乐，想想还有什么比这更享受呢？静下心来，仔细听，真的好美。”

此时的夏兰感觉身体温暖了许多，突然她的手机响了起来，夏兰一看是她老公的号码，便挂了电话，关了手机，她把满腹的苦恼一并全倒给了枫霖。

当她讲完最后一个字的时候，枫霖看了看手表，对她说道:“我送你回家，今天已经很晚了，你看咖啡屋的人都走得差不多了，你如果听哥哥的话，回到家不要再哭再闹，不知道兰儿你信不信佛，明天哥哥带你去庙里烧香。”

夏兰听话地点了点头说道:“信的。”

两人一起走出了咖啡屋，夏兰打开手机，很快短信提示音便一个接一个地响了起来，夏兰知道是老公发来的，她没有看短信。

回到所住的小区，夏兰距离老远便看到自己家的灯还亮着，她知道苏培元是不敢出来找自己的，因为儿子在她出来的时候已经睡着了，苏培元如果再出来，儿子突然醒来找不到爸爸妈妈的话，他会害怕的。

走到家门口，夏兰用手理了一下已经被雨水打湿的头发，然后她深吸了一口气，平静了一下情绪，掏出钥匙准备开门，刚把钥匙插进锁孔里，门从里面打开了，原来苏培元一直在用心地听着外面的动静，当他听到是夏兰回来的时候，便急忙为夏兰打开了门。

他跑到洗手间拿来毛巾帮夏兰擦淋湿的头发："老婆快把湿衣服脱了，我去帮你放洗澡水，不要感冒了。"

夏兰没有吭声，她先走到孩子的床前，看到孩子睡得正香，本来睡的时候是枕着枕头的，可现在却在床上变成了竖着睡的样子，身上盖的毛毯被他紧紧地裹在了肚子上，胳膊和腿全没有盖住，夏兰用力地把裹在儿子身上的毛毯扯起来，然后重新为儿子盖住了全身，脱下自己身上的湿衣服去洗澡。

苏培元走过来，把夏兰轻轻地抱了起来，然后亲了一下她的嘴唇说道："老婆，我们只是网上聊天，现实里真的什么事情都没有发生。"

夏兰示意苏培元不要再解释，苏培元把夏兰放进了热乎乎的洗澡水里，一边帮夏兰洗澡，一边还是忍不住对夏兰说道："老婆你相信我，我真的从内心没有想过要背叛你的，想想我们过去那么艰苦的日子都过来了，现在儿子都上三年级了，我们在一起生活十年了，真的，我真的从来没有想过要背叛你的，相信我。"

苏培元的话又让夏兰忍不住流下了眼泪，她轻轻地握住了苏培元的手："我相信你，希望你以后不要再与她联系，我们好好过日子，好不好？我的生命里除了你和儿子，不会再容下第三个人。"

苏培元点了点头："好，老婆，我知道的，我全知道的，以后我再也不聊天了，如果想玩，就玩会儿游戏，要不就陪在你身边看你玩游戏、聊天，好不好？"

夏兰点头同意。

如往常一样，当早晨六点的铃声响起的时候，夏兰一边听着窗外小鸟叽叽喳喳的叫声，一边起床。苏培元两只手习惯性地搂住了夏兰的腰，然后眼睛也不睁开地说道："老婆再睡一会儿。"

夏兰把苏培元的手放下："再睡你和儿子都不用吃早饭了。"

夏兰洗漱完毕，随意地把一头长发用发卡拢了起来，然后开始为苏培元和孩子准备早点，等早点准备好，正好是六点四十分，夏兰开始喊儿子起床，儿子一边懒懒地想在床上赖一会儿，一边喊他爸爸："爸爸你先起，我后起。"

夏兰一边帮儿子穿衣服，一边刮着儿子的鼻头说道："你真是个小懒虫，你爸爸是个大懒虫。"

这时苏培元也起来了，父子两个开始了争洗手间大战，当然每次胜利的一定是儿子。吃过饭，苏培元便问夏兰愿不愿意跟他出去玩："今天公司的事情并不多，点完名，我可以带你出去玩的。然后我们一直玩到儿子放学，我请你们去吃龙虾，我们单位不远的地方刚刚开了一家龙虾馆，味道好极了。"

夏兰："我约了朋友一起去庙里，中午你接了孩子一起去吃吧，我不去了。"

苏培元点头同意，然后带着儿子出发了。

## 三

夏兰知道，其实，这就是她每天一成不变的生活。早上六点准时起床，然后做好饭叫醒苏培元和儿子起来吃饭。然后苏培元顺路送儿子上学，再去公司上班，她开始在家里打扫卫生，出去买好一天的饭菜。闲下来的时间要么看电视，要么便是上网玩游戏或者聊天。

从内心深处夏兰也安于这样的生活，与苏培元结婚后她没有再上班。苏培元的工作非常轻松，一年大概有三百天的闲暇时间，所以他在上班之余不耽误第二产业，苏培元的人际关系与社交能力都很强，顺利成为一家公司的营销部经理。一家三口的日子过得既富裕又幸福。在夏兰的心里，在昨天晚上没有发现苏培元的聊天记录之前，她一直是这样认为的。

昨晚看到的苏培元与那女子的聊天记录一直在夏兰的脑海中挥之不去，夏兰也知道，他们不止一次地约会见面。苏培元昨晚所有的解释都是苍白的，只是自己不想揭穿，不愿意揭穿，更不想从内心接受苏培元有外遇这样的事实罢了。

夏兰用一个精致的发簪把自己的一头长发挽成了一个大大的发髻，更加映衬出她的那份古典的恬淡气质与美丽。坐在梳妆台前，夏兰望着镜子里的自己有点发呆，岁月是多么无情，如流水一般，可以把一个人的青春清洗得不见印痕，可以把当初两个人花前月下的誓言变得苍白无力。

手机的振动打乱了夏兰的发呆：“兰儿，准备好了没有，你出来吧，我已经在你家小区大门外的马路上了，我骑摩托车带你去。”

昨天因为一直处在自己的忧伤情绪里，夏兰并没有仔细看枫霖长什么样子，个头有多高，当她走到小区门口的时候，便看到对面那个骑着一辆警用摩托车的男子向她招手道：“兰儿，这里。”

夏兰对站在摩托车旁边的男子轻轻一笑，越过马路来到了枫霖的面前。这是一个看上去有三十八九岁样子的男子，周身上下散发着成熟男人特有的气质与魅力，一身休闲装扮，眉宇间的笑给人安全而温暖的感觉。

夏兰对枫霖说道："枫哥，我们去庙里，是不是要先找一家香火店，买了香和纸再去呀？"

枫霖对夏兰说道："这你就不懂了吧，庙里随处都有人卖，如果我们在这里买了，那里卖香火的便不会让我们烧了。"

夏兰轻轻地"哦"了一声。

## 四

枫霖带着夏兰出发了，夏兰本来是侧身坐在枫霖的摩托车上的，可事情就是这么巧，一个石子不偏不倚就蹦到了夏兰的鞋子里面，硌得脚面生疼。夏兰不得不让枫霖停下车来，把石子拿掉，当夏兰想再侧身坐上车的时候，枫霖对夏兰说道："这就要出城了，并且还有一段比较陡峭的山路，你还是骑坐在车上比较安全一点儿。"

刚刚出了城，满眼看到的是一座座相依相连的山脉与阡陌交错的梯田，正是秋季丰收的季节，农民们都在忙着收各类农作物。

枫霖开足了马力，向山坡上爬去，夏兰整个身体有一种向后倾斜的感觉，不得已，她只好用一只手揽住了枫霖的腰。两个人再没有说话，但夏兰的脑袋却一刻也没有停止思考。与枫霖这样近距离的接触，让她想到与苏培元恋爱时候的甜蜜，老公也喜欢骑摩托车带她去兜风，并会故意骑得好快，然后在前面会得意地对夏兰说："你双手把我的腰抱紧了，要不出了事故我不负责哈。"

她听到后便会笑着双手紧紧搂住他的腰，然后把自己的身体贴到他的后背上，那样的恋爱时光，真的让夏兰永远怀念并回忆着。

她的思绪被枫霖的话打断："兰儿，在想什么，怎么不说话？"

夏兰笑了笑说道："什么也没有想，还很远吗，怎么还没到？"

枫霖说道："到了，你往前看，看到山顶上那个红房子了吗？那就是麒麟庙了。"

枫霖带夏兰来到了卖香纸的地方，两个人买了很多的足可以在各个神像面前烧的香纸，然后被一个中年女人带进了庙里。那女人把两人的香纸放进了一个大火炉里烧了后，然后带他们到各神像前跪拜烧香。

这时夏兰才感觉有点慌神了，因为她来时带的是几张百元的钞票，并没有带太多零钱，但在各个庙门的神像前都有一个捐款箱，很快夏兰便把自己所有的零钱都捐完了，却还有几个神像没有拜到。枫霖自然看出了夏兰的心思，把自己身上的零钱分了一部分给夏兰："想到你会没有准备，来之前我准备了足够的零钱。"

夏兰禁不住从心里赞叹枫霖的细心。

烧完香，那中年女子对他们说道："你们从这里转转吧，庙后还有一个大溶洞，里面非常漂亮的，你们可以进去玩。"

枫霖和夏兰沿着台阶上去，走到庙宇的后面，果然看到一个好大的山洞，当枫霖示意夏兰进去玩的时候，夏兰却止住脚步不往前行了："里面好黑，我有点怕，我们还是去那边的凉亭看看吧。"

枫霖点头表示同意。

这个凉亭因为是建在山的最高处，所以他们站在上面视野一下开阔了起来。正是秋高气爽的季节，远处山水一色，蓝到让人心里所有的杂念都成空，所有的忧伤都变淡了。

夏兰禁不住伸开双臂深深地呼吸了几口新鲜的空气，杂乱无章的心一下变得快乐起来，如这蓝天碧水一般纯洁明净和开阔起来了。

枫霖望着美丽无比的夏兰，看得有点发呆，他忍不住对夏兰说道："兰儿，你好美，这份美丽真的是超凡脱俗的，如同刚刚从天上飞下来的仙女一般，如果娶你的男人不懂得珍惜你，那才叫傻瓜。"

就这样两个人一边共同看着风景，一边聊了起来："兰儿，现在是不是感觉心情非常轻松呀，我心情郁闷的时候，最喜欢到这里来，烧完香要么从这个凉亭上看天空，要么就进溶洞听流水的声音。你不知道，那个溶洞真的非常漂亮的，里面怪石嶙峋，在溶洞的深处还有一眼山泉，一年四季没有干枯过。真的，面对这样的风景，一颗烦躁的心便会一下安静下来，想想人生只不过几十载，太短暂了，不要跟自己过不去，不是吗？”

## 五

不知不觉到了正午时刻，夏兰提议道：“我们回去吧，回到县城大概需要四十分钟，回去后我请枫哥吃饭，谢谢枫哥带我来这样美好的地方。”

枫霖点头同意。

夏兰拿出手机给苏培元打电话：“培元，快到接大宝的时间了，你接了他后，你们两个去吃龙虾吧，我自己从外面吃了再回去。”

苏培元：“要不我接了孩子送妈妈家里，再去庙里接你吧？”

“不用，我这里有朋友一起陪着，我们一起吃过午饭后回家。”

因为明天就是星期天，下午当夏兰把大宝接回家的时候，苏培元也下班回到了家里。夏兰没有准备晚饭，按惯例，他们每个星期五的下午都会去娘家吃饭，然后夏兰与儿子在娘家住一晚，第二天苏培元会在下午下班的时候再去把他们娘俩接到婆婆家里吃饭，然后一家三口一起回家。

夏兰哥哥的儿子比大宝大一岁，所以两个孩子如果隔一个星期不见，会相互思念得不得了，每到星期五一放学，儿子便会迫不及待地要求爸爸妈妈把他送到姥姥家里与哥哥一起玩。

吃过晚饭后，苏培元一个人开车回了家，夏兰的妈妈去厨房收拾碗筷，夏兰便坐在客厅与哥哥嫂子一边看电视一边聊天，两个孩子钻到奶奶的卧室去玩游戏。

夏兰："哥，我想出去工作，孩子也大了，整天待在家里，感觉自己真的要与社会脱节了，自己的社交能力完全没有了，成了一个呆头呆脑的人。"

嫂子用手摸了摸夏兰的额头："不发烧呀，怎么说胡话？"

夏兰故意装出生气的样子对嫂子说道："谁说胡话了，我是说真的，如果有一天苏培元不要我们娘俩了，我们连起码的生活保证都没有，到时别怪我赖在这里又吃又喝。"

一句话把夏兰的哥哥和嫂子全逗笑了，这时候从厨房里走出来的妈妈嗔责夏兰道："你这妮子平时都是我惯坏的，都三十多岁的人了，还像个小孩一样说话不经大脑。"

夏兰的哥哥是他们这个城市当地日报的主编，兼着市作协主席，所以社交关系也是非常不错的。但他也不同意夏兰工作，他对夏兰说道："大宝这才刚刚上三年级，还不到九岁。培元的爸爸妈妈身体又不好，不能帮你接送孩子，大宝还是需要一个人来全心全意照顾他的，还有培元除了自己的工资外，在公司的年薪也有二十万左右吧，你还是老老实实地在家做你的全职太太吧。"

夏兰一听便不开心了："你们全向着苏培元，也不知道他给了你们什么好处，什么全职太太，还不如全职保姆好听呢。"

接着她又笑着对妈妈说道："我哪有胡说，你还不知道他们那些男人的德行，除了想让自己的老婆遵守三从四德外，恨不得让天下所有的漂亮女人都成为自己的情妇。"

嫂子是个比较敏感的女人，当夏兰说出这些话的时候，嫂子的表情一下严肃了起来："不会是你和培元吵架了吧？感情上出现问题了？"

夏兰与嫂子一直如亲姐妹一般，所以嫂子对夏兰说话从来就是直来直去的。

夏兰笑道："当然没有，哪有那么多的架可吵。"

大人们正说得欢，两个孩子跑了出来，哥哥家的儿子与自己的儿子一起跑到夏兰的怀里，要求夏兰明天带他们去儿童乐园玩。夏兰点头答应，但有一个条件，那就是两个人要把作业写完了。

两个孩子痛快地答应去写作业，这时候儿子大宝却又跑出来对夏兰说道："妈妈，坏了，我的书包忘在爸爸的车上了，我无法写作业。”

夏兰无奈地摇着头说道：“你说你这么小的年纪就丢三落四的，长大了怎么办呀？那今天不写作业，明天不去玩。”

儿子一听马上不高兴了，把嘴一噘就要哭。妈妈望着女儿今天的反常举动，知道夏兰有心事，便想拉着外孙去外面玩，但夏兰突然站起来说道：“我带大宝回家了，回家让他写完作业，明天早上会早早来带嘟嘟一起去儿童乐园玩。”

哥哥起身对夏兰说：“我送你，妹妹。”

夏兰说：“不用，我和大宝打的回去。”

妈妈望着女儿忍不住问道：“你没事吧，兰儿？”

夏兰回答道：“没事的妈妈，我明天一早就会回来。”

## 六

在与儿子坐车回家的路上，夏兰并没有多说话，儿子以为妈妈是在生自己的气，所以也不敢再出声。

大约过了半个小时，母子两人回到了他们所住的小区。夏兰看了看手机，时间才刚过七点半，她牵着儿子的手向楼上走去，然后打开了家门。

苏培元从书房里走了出来，当看清是夏兰与儿子回来的时候，他吃惊地问道："你们怎么回来了呀？"

儿子伤心地对爸爸说道："我的书包忘在你的车上了，我不写作业，妈妈就不带我们去玩，所以我回来写作业。"

苏培元的心思却并不在儿子的身上，他的身体情不自禁地向书房撤去："我的钥匙在电视机上面放着呢，你带儿子下去拿书包吧。"

夏兰望着苏培元紧张到语无伦次的样子，知道苏培元一定是心里有鬼，抢先一步走到了电脑前，然后她看到了苏培元那闪动的QQ头像和一直处在聊天状态下的游戏ID。

夏兰突然明白自己回来的目的是什么了，却又不想让自己的目的实现。但事与愿违，苏培元正和那个称他老公的网络女人并肩游戏，并且他们游戏里穿的是情侣装，聊天框里暧昧的话语不堪入目。

夏兰有一种想张口大哭的感觉，但因为怕吓到儿子，所以她控制住了自己的情绪。苏培元不敢多解释，伸手关了QQ，然后关了游戏ID，带着儿子下楼去车库拿书包。

夏兰坐在电脑前，发了几分钟的呆，然后有一种想彻底爆发的冲动，她终于无法控制自己，跑到厨房拿来了切菜的刀，然后把电脑的"猫"拔下来，用刀把网线剁成了段状，然后一拳头砸在了电脑的显示器上，电脑显示器一下变成了黑色。夏兰把书房的门锁了，然后躺到床上默默地流起了眼泪。

做贼心虚的苏培元带儿子上来后，没有再进书房，也不敢再到夏兰面前看她一眼，而是在客厅辅导儿子写起了作业。当苏培元把儿子哄睡以后，跑到床上想搂住夏兰睡的时候，夏兰把他的手打开，但苏培元再一次紧紧地搂住了夏兰，说什么也不把手松开：“老婆，对不起，我知道错了，我以后改，真的改。”

夏兰突然有一种想大笑的感觉，她没有搭理苏培元，也没有再打开他的手，而是直接从床上跳了下来。

夏兰在客厅里坐了整整一个晚上，当天快亮的时候，夏兰提笔给苏培元留言：“你把大宝送到妈妈家里去吧，让嫂子带他和嘟嘟去儿童乐园玩，我出去有点事，可能要很晚才会回来。”

## 七

应该说是一个好天气，太阳温暖地照着大地，夏兰突然好佩服这个给人以生命来源的太阳，总是那么镇静自如，总是那么光芒四射，从来不管别人想什么，也不管别人过得是好还是坏。

走在街上，夏兰的脑海是空白的，她希望此时的天气下着大雨才好，这样她便可以好好地虐待自己一下。

幸福真的好脆弱，本以为牢牢把幸福握在了手中，可是一觉醒来，却发现原来一切都是如此空无与缥缈，如此没有真实感。十年的婚姻生活，虽然与老公吵过也闹过，却从来没有如现在这般感觉，彼此之间的距离如此遥远，又如此陌生。

夏兰一个人漫无目的地在街上逛着，从超市走进服装城，再走进酒吧，再出来，再在街上走。夏兰突然感觉这秋天的太阳好刺目，有一种眩晕的感觉。当她抬头看到一家宾馆的时候，夏兰走了进去，她开了一间最好的房间，把自己重重地丢到了床上。夏兰打开了手机，很快便有短信进来的提示音，她看到有苏培元的短信："老婆，在外面玩累了早点回家，我先把儿子送到妈妈那里去了，如果不想打的回来，你给我电话，我去接你。"

还有一条短信，是枫霖的："兰儿，怎么一直关机，哥哥好担心你，看到短信后回电。"

枫霖的短信有一种让夏兰找到知音与想立刻见到他的冲动，夏兰给枫霖回了短信，把自己所在宾馆的地址与房间号给了他。

枫霖猜到夏兰定是又遇到难以诉说的麻烦，才会从家里出来，也猜到她一定没有吃饭，所以当枫霖敲开夏兰的房门时，他的手里还提着一些零食和水果。

望着善解人意的枫霖，夏兰的心突然多了一份感动。她的眼泪禁不住骨碌碌地落了下来，枫霖急忙一手提着零食，另一只手把夏兰轻轻地揽入怀中:“知道兰儿定是又遇到难事了，兰儿不哭。”

枫霖不劝还好，这一劝，夏兰的眼泪流得更多了。

就这样两个人相拥着站立了许久，夏兰才终于让自己止住哭泣:“真不好意思，又在你面前失态了。”

然后她到洗手间去冲洗自己泪迹满满的脸蛋，再从洗手间出来的夏兰，情绪已经恢复，只是脸蛋多了一层绯红，感觉有点头晕目眩，她感觉自己的脚下如踩着棉花一般的松软。

枫霖帮夏兰洗了一个苹果，然后对夏兰说道:“快把苹果吃了，我出去给你买碗热面条。”

说完他也不等夏兰点头，起身便要出去买面，结果夏兰一把抓住了枫霖。当枫霖转脸望向脸蛋绯红的夏兰时，他整个人被眼前这个小女人的美丽所折服，双手情不自禁向着夏兰的腰环去，然后把头低了下去。

夏兰却拼命地挣脱开来，手里的苹果也掉到了地上。枫霖被夏兰的挣扎惊醒，急忙也让自己的身体向后倒退:“对不起兰儿，因为你太漂亮了。”

夏兰苦笑了一下："是不是男人单独和女人在一起的时候，故事都是这样发生的？"

枫霖认真地点头道："是。"

夏兰："那他和他的网上老婆是不是也会这样？"

枫霖："是。"

夏兰："你很诚实，可是你有没有想过，你老婆知道了会是什么感受？"

枫霖："我离婚已经两年了。兰儿，如果你感觉过不下去了，如果你感觉那个肩膀不再可依靠了，我这里等着你。"

说完，枫霖拍了拍自己的肩膀。

夏兰苦笑了一下："这世界怎么越变越让人无法明白了，我要回家了。"

## 八

夏兰回到家的时候，已经是下午三点。家里很静，苏培元一定是上班去了，儿子在姥姥家，所以她回到家后全身乏力地躺到床上睡了起来。

迷糊之中，夏兰感觉有一只手在摸自己的额头，然后听到有声音在喊自己，夏兰想睁开眼睛看看眼前是谁在喊自己，却是无力睁开眼睛，因为她感觉自己的身体被一只恶鬼紧紧地压住，并掐住了自己的脖子，无论她怎么挣扎，都无法睁开眼睛。她张嘴想喊，却怎么也喊不出声音，她想让自己的身体动一下让恶鬼走开，可是无论怎么用力，也无法让自己的身体动弹。夏兰心里着急到了极点，她想大哭，终于，猛地一用力，她的眼睛睁开了，身体可以动弹了，恶鬼不见了，但她累得又想接着睡觉，然后她转了个身，又睡着了。

夏兰感觉一个凉凉的东西突然盖到了自己的额头上，这让她的神志开始有点清醒了起来，这次她真的睁开了眼睛。

苏培元正在用冰块冰自己的额头，她起身想坐起来，却没有力气。苏培元看到夏兰醒了，急忙对她说道："老婆你在发烧，我带你去医院。"

夏兰摇摇头不想去，苏培元一下急了起来："烧得这么厉害，不去医院怎么能行，好老婆，听话好不好，我以后什么都听你的，我发誓，再不让你生气。"

苏培元认真地望着夏兰的眼睛说道。

夏兰趴在苏培元的背上，让他带自己去医院。

医生诊断夏兰是由于病毒性感冒才发的烧，要挂点滴。

苏培元把夏兰的妈妈接过来照顾夏兰和儿子。当点滴打到第三天的时候，夏兰不让妈妈再陪她到医院受罪，她完全可以自己去找护士换针了，身体也感觉好了许多，轻松了许多。

但夏兰知道，自己的内心并不轻松，枫霖每天都会有电话与短信问候，夏兰不知道应该怎样面对枫霖，怎样面对他们的那次谈话，枫霖真的入了自己的心，这种入心是情不自禁的，或许苏培元的婚外情也如自己这般吧。不是不控制，而是根本控制不住。

一个星期后夏兰出院，她整整瘦了一圈。苏培元为夏兰买来了新的电脑显示器，他对夏兰说道："我上班不能天天在家陪你，我不上网可以，可你做完家务，没事的时候总不能老抱着电视看吧。"

夏兰知道自己的心收不回来了，比苏培元的出轨还要厉害，当夏兰看到枫霖的留言时，夏兰的身体有一种触电的感觉，这种感觉让夏兰明白，那是与苏培元谈恋爱的时候才有的感觉，只有当思念一个人思念到忘我的时候才有的感觉。

夏兰想在一个合适的时间和苏培元提出离婚，既然心不在一起了，两个人还在一起有什么意思呢？可是想归想，当真正想跟苏培元说的时候，夏兰每次都是话到嘴边又停住了。因为此时她脑海里显现的竟然全是苏培元对她的好，还有儿子那份天真无邪与那双无辜的眼睛，在爸爸妈妈的爱中幸福长大的感觉。

说出“离婚”两个字，夏兰知道，太难了，难到她无法启齿。虽然每次她都无法拒绝枫霖的约会，但在约会中，夏兰都会和枫霖保持一定的距离，哪怕是碰一下手，夏兰都会感觉心惊胆战。但枫霖却一次次地对夏兰表白着自己的爱与对夏兰的关心，这又让夏兰无法从枫霖的关爱中自拔出来。

或许枫霖是为了给两个人都认真思考的时间吧，身为警察的他要到外地办案子，要离开他们的城市一个星期，他们约定，这段日子不给对方打电话，让彼此冷静一下。

很快一个星期过去，这期间枫霖果然没有和夏兰有任何的联系，这让夏兰感觉有点失落。她从心里盼望着枫霖会突然给自己发短信或者打电话。但没有，什么都没有。夏兰感觉好像一切都如网络一般虚幻了起来，找不到生活中任何真实的感觉。

在他们没有联系的第八天晚上，夏兰开始坐立不安，她怕枫霖在出差的过程中发生什么危险，自己要不要主动打个电话或者发个短信问一下？但如果问了，万一他们还在执行任务中怎么办？此时，写完作业的儿子来到电脑前要求夏兰把电脑让给他玩，并坐在夏兰的怀里不让夏兰从电脑前走开，儿子对夏兰说：“妈妈，我申请了好多个 QQ 号，全送我班同学了，妈妈你看这是我们班的 QQ

群，我还是管理员呢。”

夏兰听儿子这么说，突然内心就有了想法：“那大宝还有没有不用的号码，给妈妈一个好不好？”

儿子痛快地答应了下来。

## 九

夏兰看儿子睡下后，便上了儿子给的新的 QQ 号，然后莫名地把枫霖的号输入进去精确查找，点击加为好友。让夏兰意想不到的事情发生了，枫霖竟然在线，竟然通过了夏兰新 QQ 号的申请。

夏兰的手有点发抖，只是抱着试试看的心态，这个结果不是她所预料的。但她还是主动以新好友的身份向枫霖打招呼，没想到枫霖竟然热情地和夏兰聊了起来，他问夏兰是哪里的朋友，夏兰说是和他的城市距离最近的那个城市，然后枫霖问夏兰是做什么工作的，并且表示如果有时间一定去夏兰所在的城市玩，要求夏兰到时一定要请客，在彼此的聊天里，枫霖的聊天内容是轻浮的。

夏兰对他说自己是老师，夏兰突然吃惊起自己说谎话时竟然连眼睛都不眨一下的本领。在这个充满谎言的虚拟世界里，谁又能真正分得清什么是真、什么是假呢？夏兰从心里对自己这样说道，然后含泪苦笑了起来。她让自己整个后背靠到椅子上，长长地叹息了一声。

当她的眼睛再望向聊天框时，聊天框里枫霖发来一个漂亮女孩子的相片，并扬扬得意地对夏兰说："我结婚了，刚刚新婚一个星期，新娘子是一个二十岁多一点的女孩子。没想到吧，现在离婚的男人都是香饽饽、抢手货，像我这样快四十岁的人了，想找大姑娘一样能找到。但女人却不行，一旦离婚，就会由当初的鲜花变成狗尾巴草。"

夏兰又登录上她自己的 QQ 号，想看看枫霖是否在线，但她看到的依然是枫霖那灰色的头像。夏兰默默地把枫霖拉入黑名单，然后关了两个 QQ。她来到阳台打开窗户，想呼吸一下新鲜的空气，但落入她眼底的却是整个夜色，好黑、好暗，夏兰的眼睛无法穿透这黑黑的夜空。

半年后，已经参加工作半年的夏兰，再一次来到了麒麟庙，她准备了足够的零钱捐给各个神像的捐款箱，当她跪拜到孔子的神像前时，那领她烧香的中年女子说道："孔子是事业与学业的神仙。"

夏兰便在心里祈祷道："希望自己的儿子身体健康、学习进步，希望苏培元身体健康、工作顺利。"

夏兰猛然明白了许多，幸福是自己给予自己最美好的礼物，女人在婚姻里绝不能失去自我，困难面前更不能自怨自艾，没有人会义务成为你的救命稻草。

食着人间烟火，谁能无错，如果爱还在，就要勇敢面对，认真生活。一切随缘吧，应该来的不会走，应该走的不会来。面对生活这袭华美的袍子上的繁华与热闹，唯有保持一个真我，一个不要失去自己的真我。

## 特别的爱，给特别的你

当两个人结婚之后，当一切归于平淡的时候，爱情将会被亲情代替，生活不需要轰轰烈烈，平平淡淡大概才是最真实的感受，婚姻需要磨合，需要两个人彼此的信任与谦让。

一

已经是深夜零点，程鑫手里捧着一个木制的精美的小帆船饰品回到家，嘴里有好大的酒气，这让一直等着程鑫回家的雅茹心里感觉极不舒服。程鑫完全忽略掉坐在沙发上的雅茹，走到电视柜前，把小帆船放到了电视柜上。

雅茹一看程鑫的表情便感觉到哪里不对劲，望着程鑫放到电视柜上的小帆船问道:“谁送你的小帆船呀，喝酒还有人送礼物，真是不错呀！”

程鑫摇晃着因为醉酒而站不稳的身体，微闭着眼睛望着雅茹说:“你忘记今天是什么日子了吗？你忘记了但同事还替我记着，今天是我的生日，同事约到一起给我庆贺生日，然后送我的礼物。”

雅茹轻拍了一下自己的脑袋：“哎呀！对不起老公，我忙得忘记今天是你的生日了。”

然后她转身想给程鑫倒杯白开水来喝，没想到因为醉酒伤心于雅茹记不住自己生日的程鑫无法控制自己的情绪，一转身一下把自己放到电视柜上的小帆船用手扫落到了地上，然后把刚刚站起来的雅茹推到了沙发上，盛满白开水的茶杯掉到地上“啪”的一声碎了，水洒了雅茹一身。程鑫用身体把雅茹压在下面，对着她的脸便是左右各一巴掌。

雅茹一时无法反应，以为自己是在做梦，但当脸火辣辣地疼痛起来的时候，她知道自己不是在做梦，程鑫实实在在地打了自己。

雅茹的泪水便一下委屈地流了出来：“为什么打我？我只不过是忘记了你的生日。”

程鑫却一下走到门前把门打开：“你滚，你平时和我吵架不都是吵着要走吗？现在我放你走。”

雅茹无法抑制自己的情绪，猛地从程鑫的身边冲过去，跑向了茫茫黑夜。打了雅茹两巴掌的程鑫完全没有因为雅茹的出走而清醒过来，他一头栽在沙发上睡了过去。

## 二

深秋的夜飘着细细的雨，奔走在街头的雅茹内心充满了委屈与迷茫，脸颊上的疼痛怎能抵得上心灵的疼痛呢？就那么任泪水和着雨水一起往下流淌着，她在内心里希望程鑫能从后面追来，因为程鑫知道她是个胆小的女人，他知道自己怕走夜路，何况现在已经是深夜，又下着秋雨，但程鑫没有追来。

就这样雅茹漫无目的地在大街上走着，有风吹来，吹落了一地的梧桐叶，连同雨丝一起打到雅茹的脸上和肩头上。深秋的雨很凉，雅茹禁不住打了一个冷战，她不知道自己要走到什么时候才能停止，因为在这个城市里除了程鑫之外，她再没有别的亲人，想到两个人为了爱情所经历的磨难，望着迷茫而黑暗的前方，雅茹看不到路的尽头。

程鑫是在雅茹所在的城市里当兵的，他们初识在一个午后，正在午休的雅茹被同学叫醒，说有人找她。雅茹出来一看，原来是在本城当兵的同学带着他的战友来找她玩，正好是周末，雅茹便答应和同学一起去玩。

同学的战友英俊又幽默，不时会把雅茹逗得哈哈大笑，那时同学正在追求雅茹，但雅茹一直对同学没有感觉，当雅茹第一眼看到同学的战友程鑫时，心便莫名地跳了一下，总感觉与这个人之间会有什么事情要发生似的。

从那次以后，雅茹的眼前总会浮现出一个英俊又幽默的军人形象。一个星期后，雅茹收到了程鑫写给她的信，说想与雅茹交个朋友，并且信里写满了同学的好。雅茹知道，他是在帮同学追求自己，看着程鑫的来信，雅茹禁不住微笑了起来，因为程鑫的字体非常漂亮，让雅茹更是从内心对他多了一分喜爱。

他们就这样开始了通信，不知道是什么时候彼此爱上对方的，大概从相互认识的第一眼起，便把彼此放进心里了吧，这就是缘分，当你用心去找的时候，它不会出现，当你不想要、不想找的时候，它却会在不经意的时候突然到来。

当程鑫把自己爱上雅茹的事情对雅茹的同学坦白的时候，同学着着实实地把程鑫狠狠地揍了一顿，然后苦笑着说道："从高一我们是同桌那天起我便爱上了这个爱笑、话不多却很恬淡、文静的女孩子，没想到我五年的追求没有得到她的心，而你们只是几封信的交往，彼此就爱上了对方，真是造化弄人啊。"

同学服输了，他为雅茹和程鑫送上了真诚的祝福并当着雅茹和程鑫的面说道："程鑫，我把雅茹交给你了，如果你敢动她一根头发，回头我会找你算账。"

他们真正恋爱的时光只有短短三个月的时间，程鑫就复员回到了家，雅茹也师专毕业分到爸爸所在的镇中学当了一名老师。当雅茹把他们的爱情对家人公开的时候，无疑是给这个家投了一枚定时炸弹，爸爸和妈妈坚决反对，而程鑫的父母也怪程鑫找了一个外地的女友，以相互不了解为由，反对程鑫与雅茹的交往。

就这样，当爱情因为磨难让两个人的心捆在一起的时候，任何外界的因素都无法再分开两个人的心，他们携起手来，共同克服一道道难关，最后双方家长被他们执着的爱而感动。第二年，程鑫有了一份不错的工作，他们的爱情也有了个圆满的结局。

日子归于平静，平时在家里娇生惯养的雅茹想努力地做好一切，她会在下班后主动帮婆婆做饭洗碗，她会把程鑫换下来的衣服全洗了，这让程鑫对雅茹充满了感激，总是会在两个人的房间里对雅茹有说不尽的甜言蜜语，雅茹的心里也充满了幸福。

结婚一年后，程鑫的父母因为工作上的调动，到城市的另一个地方去工作了，正好与程鑫他们居住在一南一北，距离有五十多公里。

当一切生活都需要两个人自己打理的时候，两个人一时都有点手忙脚乱。程鑫比雅茹还要笨，一点家务都不会做，这让雅茹开始感觉有点累了，一天课下来，除了批改作业，便是回家做家务。

两个人之间的浪漫一下被生活的琐事所代替，每当雅茹累得腰都直不起来的时候，难免要责怪程鑫几句，但程鑫总是笑嘻嘻地答应雅茹帮她做家务，却总是不能践行自己的许诺，下班后还是喜欢等雅茹回来做饭、洗衣、打扫卫生。

爱情与婚姻或者真的是两码事，当两个人因为爱情而不顾一切走到一起的时候，彼此的心里充满了对彼此的爱恋与思念。但当两个人真正结合在一起的时候，却发现原来彼此身上的优点越来越少，缺点却越来越多。

雅茹被程鑫的懒惰深深地刺伤了。记得那次放学后，雅茹又进行了一次家访，回到家天色已经完全黑了下来，她本以为程鑫会做好了饭菜等着自己，可当她打开房门的时候，程鑫却正在电脑前玩游戏，听到雅茹进门的声音，便迫不及待地对雅茹喊道："老婆，我快饿死了。"

一天下来，累得想要趴下的雅茹，刚刚踏进家门，连气都没有喘匀，一听程鑫这样喊她，火一下就冒了出来，在两个人吵架后，雅茹跑到学校单身宿舍一住就是一个星期，程鑫一连去了几次，雅茹才答应回来。这让程鑫心里感觉极为不舒服，原来如此温柔的雅茹，生起气来的时候也会如泼妇一般不讲理，竟然还会离家出走。

雨水顺着发梢滴落了下来，雅茹不知道自己是怎么走到学校门口的，靠在学校的铁门上，脑海里突然响起了妈妈反对自己和程鑫恋爱时的话语：“不是妈妈不同意，是他家太远了，你们过得好妈妈放心，可过日子比树叶还要稠，恋爱不能当饭吃，但过日子是要吃饭的，锅碗瓢盆没有不碰撞的时候，你在那里举目无亲，到时怕你们吵架的时候你连哭都会找不到地方。”

而那时候的自己听了妈妈这些话却不以为然，心想：“我们如此相互理解，感情如此深厚，怎么会吵架，我不会和他吵架的。”

是什么让爱情变了味道？生活不是用浪漫与想象来过的，而是用时间来一分一秒地往前过的。是时间磨去了爱的原味，是时间让爱变得粗糙了。

当看门人早上起来打开大门的时候，他一眼看到了全身湿透倚在冰冷铁门上哭泣的雅茹，老人吓了一大跳，急忙把雅茹扶进了屋子里。

当老人看到雅茹红肿的脸颊的时候，心里全明白了，急忙让妻子为雅茹熬了一碗姜汤，在学校门口站了几个小时的雅茹被老人扶进屋子的时候，身体已经快失去知觉了，一直在发抖，老人和他的妻子一勺一勺地把姜汤喂进了雅茹的口中，然后老人的妻子把雅茹扶到卧室，帮雅茹脱去被雨水淋透了的衣服，为她换上了自己女儿的衣服。

## 三

程鑫一觉睡到天亮，当他头重脚轻地从沙发上站起来的时候，第一反应便是让雅茹给他倒杯水来喝，于是他便一边叫着雅茹的名字，一边想到卧室里去看雅茹。可当他看到地上那碎了的帆船和杯子的时候，昨晚的一幕突然呈现在他的眼前，他想起了自己喝醉回到家里后所做的一切，他发了疯似的跑出了家门。程鑫从心里骂起了自己，并不停地在心里对自己说："雅茹不会有事的，一定不会有事的。"

他一边跑一边想摸出手机给雅茹打电话，但一摸手机没在身上，他急忙伸手招了一辆出租车，向雅茹学校的方向驶去。

回忆让程鑫的眼睛里充满了泪水，从看到雅茹的第一眼起，程鑫知道自己无可救药地爱上了这个美丽的女孩子，艰难的爱情让他们不顾一切地相爱着，他们用真爱征服了彼此的朋友和双方父母，让他们的爱情得到了家人和朋友的祝福。

结婚两年多来，程鑫心里非常明白雅茹对这个家庭的付出，对父母她尽心尽力，对自己她照顾有加，这让程鑫的心里充满了幸福感，可不知道从什么时候起雅茹变得喜欢生气了，动不动就爱发火，这让程鑫从内心深处感到迷茫，他不知道自己错在哪里，应该怎么做才会让雅茹满意。

怎么也没有想到雅茹会忘记自己的生日，当捧着朋友送的礼物回到家，当看到雅茹眼里的抱怨时，程鑫生气极了，他借着醉酒爆发了。

从学校门卫那里程鑫找到了雅茹，当他抱着正在发高烧的雅茹的时候，当他看到雅茹脸上那十个红红的手指印的时候，程鑫恨不得找把刀把自己的手给剁了。

雅茹住院了，因为淋雨而高烧不退，最后得了肺炎。结婚两年来，雅茹心里第一次有了离婚的念头，并在医院里向程鑫正式提出了离婚。

雅茹对程鑫说："我现在非常冷静，也非常理智，感觉我们之间的感情真的出了问题。如果我真的在意你，便不会忘记你的生日；如果你真的在意我，无论你醉酒有多么厉害，都不会打我。所以我们还是离婚吧，因为我想家了，我想回到父母的身边工作。"

程鑫没有作声，眼泪就那么一大滴一大滴地在雅茹的面前流淌了下来，他知道自己错了，那天的自己为什么会如此浑蛋，怎么可以动手打她？想到平时雅茹的好，只不过是因为忙碌而忘记了自己的生日，而自己呢，却把怨气狠狠地发在了雅茹的身上。

程鑫不停地向雅茹道歉，望着程鑫的泪水，雅茹把头转向了病床的另一边。

程鑫的父母来看雅茹的时候，雅茹已经要病愈出院了，看到公公和婆婆的时候，雅茹感觉自己委屈到了极点。望着两位老人，她的泪水禁不住一直往下流淌着，婆婆一边帮雅茹擦眼泪，一边责备程鑫没有照顾好雅茹。雅茹本想把自己离婚的事情讲给婆婆听的，但一听婆婆这样责怪程鑫，让雅茹到嘴边的话又咽了回去，想到与婆婆生活在一起时候的好，虽然婆婆也上班，但家里所有家务婆婆从来不要求雅茹来做，当雅茹主动去帮她的时候，她总是会对雅茹说："我自己来就可以了，你和程鑫去玩吧，去看电视吧。"

这让雅茹的内心充满了幸福感，感觉婆婆对自己如亲生女儿一般的好。面对如此善良又疼爱自己的二老，雅茹无法在他们面前说出要和程鑫离婚的话，她怕两位老人伤心。

## 四

雅茹出院后再一次住进了学校的单身宿舍，程鑫没有多说什么，他帮雅茹拿行李，亲自把雅茹送来的，程鑫非常明白雅茹此时内心的感受，自己再多说什么都没有用，但他也暗暗下了决心，一定要用行动证明，雅茹嫁给自己并没有嫁错，他对她的爱，从来没有减退过半分。

程鑫知道雅茹的生日是十二月二十七日，从今天算起距离雅茹的生日正好还有九十九天，他相信缘分的，他知道雅茹和自己的缘分是不会走到尽头的，连老天都会帮他。九十九天，九九象征着长久，象征着爱情，象征着他和雅茹会长长久久地在一起。

第一天程鑫没有去看雅茹，他从花店订了一束玫瑰花，并给送花的女孩一盒西瓜霜含片和一封密封的信，一并让送花女孩给雅茹送了过去。

雅茹收下了程鑫的玫瑰花、信与西瓜霜含片，拆开信里面写着："雅茹，知道你上课会累得喉咙不舒服，记得下课后含一片西瓜霜含片。"

信里只有这一句话。

第二天雅茹同样收到程鑫的玫瑰花和一张精致的小卡片："雅茹，身体才刚刚好，不要太累了，记得让自己吃好一点。"

星期天程鑫来看雅茹，望着雅茹消瘦了许多的身体，程鑫感觉一阵心疼，在雅茹的单身宿舍内，程鑫亲自把自己送给雅茹的玫瑰花插进了花瓶里，然后他请雅茹出去吃饭。雅茹以前不会拒绝程鑫，以程鑫为中心好像早已成为她生活的习惯，但这次雅茹拒绝了程鑫的邀请，只嘱咐程鑫帮自己带来冬天的衣服。

程鑫再一次给雅茹送来衣服的时候，还拍了一个小视频给雅茹，视频是他收拾家务的场景，一个乱糟糟的家被程鑫收拾得干净漂亮。

雅茹看到了程鑫真真正正的转变，每朵玫瑰花里都有程鑫的问候与关爱："雅茹，天气凉了，记得给自己添衣服。"

"雅茹，我给你买的羽绒服喜欢吗？记得早上起来的时候穿上它。"

"雅茹，今天我去爸爸妈妈那里了，他们问你怎么没有来，我说你上班太忙没有时间。"

开始的时候雅茹见到程鑫还会再提出离婚的事情，可当时间一天天往前走，当程鑫每天送来的玫瑰花馨香溢满她的小屋的时候，雅茹再无力对程鑫说离婚的事情了。

忘记程鑫的生日，本就是自己的不对，程鑫瘦了好多，突然之间也懂事了好多，如果下次他来提出要自己回家，我会答应的。雅茹从心里这样对自己说。

## 五

转眼三个多月的时间过去了，十二月二十七日，是雅茹的生日。有雪花在空中飘落，一早雅茹便把行李收拾好了，她想着上完今天的早课，回家为程鑫做饭，再不说和他离婚分手的事情。

经过这些日子的分离，让雅茹从内心真正明白了爱的意义，她知道爱不是要天天挂在嘴上说的，爱在两个人的一言一行、一举一动之中。当两个人结婚之后，当一切归于平淡的时候，生活不需要轰轰烈烈，平平淡淡大概才是最真实的感受，婚姻需要磨合，需要两个人彼此的信任与谦让。

此时的雅茹有一种归心似箭的感觉。

刚刚走出教室门的雅茹，便看到程鑫手里捧着好大一束玫瑰花站在教室的门外等着自己。雅茹的脸禁不住有点红了起来，因为她的学生一下子把两个人围了起来。程鑫把玫瑰花送到了雅茹的手中，然后对雅茹说道：“老婆，祝你生日快乐，跟我回家吧，行李我已经帮你放到车上了。”

雅茹对着程鑫点了点头，一只手捧着玫瑰，另一只手挽住了程鑫，学生们在身后为他们送去了掌声。

## 倾一城爱恋，许一世清欢

我以为，抱住了你，我就抱住了一个春天，可需要蝴蝶飞越沧海，需要一个漫漫冬季的冷从身体里凝结，春天才会姗姗到来。

### 一

斑斓的夜色充满着暧昧的诱惑。粉红色的灯光下，鲜花与美酒醉了我的人，也醉了我的心。烟那微微上翘的嘴角，眼眸里那深情的注目，以及那抹挂在嘴角上有点邪气的笑容，都让我无法自已，让我深陷在他的温柔之中无法自拔。

与烟，我们不是夫妻，不是恋人。是的，我出轨了，平生第一次背叛了老公，与一个网名叫烟的男子发生了一夜情。我不知道是自己耐不住寂寞，还是烟真的让我心动，总之在烟一而再再而三的邀请下，我答应与烟见面，迷失在了他的热情、盛情与深情之中。

一缕温暖的阳光透过纱窗照射了进来，我从睡梦中醒来，望着与我同床共枕的这个男人，有一种罪恶感立刻席卷了全身。烟也被我的行动惊醒，他睁开眼睛说道："亲爱的，再睡一会儿，还早呢。"

然后他翻身想再压到我的身体之上，我一把把他推开，跑到地上，拾起散落在地上的衣服，一件件地穿了起来。洗漱完毕，烟望着镜中貌美如花的我，一边轻吻着我的发梢，一边说道："你真的好美，若我和你的老公一样有钱，一定想办法把你娶到手，可惜我这样的无名小辈，养不起你这样的大美人。"

此时的我，不想再与烟有任何的交集，我张口说道："我要回去。"

烟点头答应，因为他知道他是留不住我的。我走出酒店房间后，烟自然而然地搂住了我的腰，我想挣脱，可他的力气却那么大。我不想再有任何的节外生枝，只想快点离开这个城市，离开这个酒店，离开烟的视线。我们如亲密爱人一般，一起向电梯走去，按了电梯的电铃，望着楼层一层层从上往下降，然后到了我们这个楼层。电梯门缓缓打开，烟揽着我刚想迈进电梯的大门，可是当我抬起头的刹那间，电梯里的一个人让我如触电一般无法移动脚步，无法思想，无法呼吸，我想，我死了，我想，我此时一定是在梦里……

电梯里那男子在与我四目相对时，先是一愣，再看我与烟的勾肩搭背，然后脸色完全变了颜色，慢慢地、艰难地把目光移到了别处。

我想把自己的身体从烟的搂抱里抽出来，可是我做不到，因为烟用胳膊把我搂得好紧，就这样被烟半推半抱着进了电梯，我的身体开始剧烈地发抖，烟把我抱得很紧，并且亲密地在我耳边低语道:“亲爱的，怎么了，你冷吗？为什么身体一直在发抖？”这声音在我听来如炸雷一般要把我炸得粉身碎骨。此时，若是世界末日，我想，我将是感觉最快乐的人，可偏偏不是。此时若电梯突然裂开了一条缝隙，我想，我将是第一个钻进去的人，可惜却没有。

我没有死去，我不是在做梦，那电梯里把头转向一边的英俊男子，是我真真实实的老公孙子函。他身边的几个人是他的属下，陪他一起出差的属下，还好，因为我平时不去子函的公司，所以他们并不认识我，而此时的子函或许是为了保全我的面子，虽然他的身体也在微微发抖，虽然看到他的拳头越握越紧，却如一尊雕塑一般，一直没有再看我一眼，也没有说话。电梯里几十秒的时间，如几十个世纪一般漫长，永远到不了终点。

电梯安然无恙地稳稳地停了下来，老公与同事先我一步迈出电梯的门，然后向服务台走去。我用手摸了摸胸口，发现我的心还在胸腔里面跳动，并没有因为它的剧烈跳动而跳出我的身体外。

## 二

我已经回家一个星期了，子函没有给我打过一个电话，更没有回家。每当听到门外的动静，我都会激动不已，心里急切地盼望着他回家，却又怕他突然回来。每当电话响起，我都会从沙发上跳起来，可当手碰到手机的时候，却又吓得把手缩了回去，我不知道应该怎样来面对和解释这一切。

我的心后悔到了极点，也后怕到了极点，一个安静而理智的女子，为什么在那杯红酒下肚之后，会突然感觉体内如燃烧起了一团火一般地热烈起来？我真的好后悔，后悔自己不应该开车去参加同学兮兰的婚礼，后悔不应该在参加完她的婚礼之后答应烟在路过他的城市的时候作短暂的停留。子函在我出发的时候，明明对我说他要出差的城市是 N 城，可他为什么突然改变了行程，去了烟居住的城市了呢？为什么一切巧合得令人无法想象，他去烟的城市就去烟的城市吧，为什么我们选择了同一个酒店，又巧合在电梯里遇到？

没有那么多的为什么，要想人不知，除非己莫为，这是上天对我出轨最直接的惩罚。

望着大大的装饰豪华的别墅，四周却冷寂到了极点，我知道，从此我将再无颜正视我亲爱的老公、我深爱的双胞胎儿子。面对自己犯下的错误，我无地自容，不要说求子函原谅，从内心深处我也无法原谅自己。我拾捡起过往那些美好的点滴，心越发疼痛起来。

我是个居家过日子的小女人，有着优越的生活条件，不会对外面的花花世界产生好奇，不会让平静的心生出涟漪。双胞胎儿子一般不会回家来住，因为他们与我没有与爷爷奶奶的感情深厚，从出生不久在他们两个集体感冒发烧到三十九度以后，便被奶奶带去了，婆婆对我说："年轻人不会照顾孩子，你还是帮老公打理生意吧，孩子由我来带。"

从此孩子的衣食住行，我便再没有过问。子函的工作，我更是帮不上忙，他很了解我的性格，更不想我卷入尔虞我诈的商战之中，从我与他结婚后，我便再没有上过班，他用深情的眼眸望着我说："我要让我心目中的白雪公主过上最幸福的日子、最休闲的生活。"我便相信了这份爱情，安心在家为他等候。

是的，子函是个有钱人，具体地说他是生长在有钱人的家庭里，他的家世在他所居住的这个城市里，算是首富。公公在本市拥有最大的房地产开发公司和建筑公司，我和子函毕业后，公公便把建筑公司交给子函经营，刚刚结婚的时候，本想与子函一起经营建筑公司，可婆婆不同意，她说："我们孙家几代单传，你还是在家好好给我生个孙子吧。"本就性格温顺的我同意了，待在家里，成了全职太太。

当从医生那里得知我怀了双胞胎，并且是两个儿子的时候，公公便在我们市沿海最有经济价值的地方为我和子函买下了一座豪华的别墅。我和子函居住的这个地带是本市经济和权贵的代表，不是有钱的，便是掌权的，要不就是既有钱又有权的。

而我却是一个淡泊名利与钱财的人，所以每当有谁家的太太或者小姐来找我打麻将或者旅游的时候，我总是推说身体不舒服不愿意一起去。

在深居简出中，我也有着自己的幸福与快乐，我最大的快乐便是每天中午跑去接两个已经上幼儿园的孩子去婆婆家吃饭。婆婆是喜爱我的，每当我开车准备去接孩子之前，总是先打电话来，问我想吃什么，然后让家里的阿姨做准备。

再就是晚上等待子函回家的时候，为他准备好自己最拿手的夜宵。知道他每天有许多推不掉的应酬，所以为了给他养胃，我从网上找来许多关于健胃的食谱，变着花样为他做夜宵。在网络里，我最大的爱好便是集邮了，突然好恨自己有集邮这个爱好。

## 三

与烟，便是因为同是集邮爱好者而相识的。我的集邮爱好来自少年时代，爸爸与妈妈的学生写给他们的一封封感谢信的信封上，那一张张精美的小邮票引起了我的注意，每当看到不同的风景和人物的时候，我便会产生极大的兴趣。此时，爸爸和妈妈便会给我讲这小小邮票里背后的故事，慢慢地我便喜爱上了集邮。

这些年来，我一直深爱着集邮，在我的集邮册里，只“T”字号邮票，成套的便有N张之多，这是我最为骄傲的一件事。“T28M”奔马邮票，一直是我想收藏的一张邮票，几次要求子函在出差的时候一定要帮我找到一张这样的邮票，因为每当我喜欢上一张漂亮的邮票的时候，总是喜欢求助于子函，他也往往会满足我的要求。可这张“T28M”奔马邮票，子函却没能帮我买到。直到有一天，我从集邮者之家那里，看到一个叫烟的集邮爱好者说自己手里有这张邮票，我便主动加他为好友，想从他的手里得到这张自己最为喜爱的邮票。

因为与烟有着共同的爱好，我们先是围绕着邮票的话题聊个不停，进而就聊到人生，聊到现今社会，聊到有钱人与没钱人，从一张张小小的邮票中，分享着彼此的忧伤与快乐。很快我知道烟是一个品牌代理商，在他自己的城市里有自己的总店和两个分店，生意经营得红红火火的。他在经历了几年的辛苦打拼之后，现在一切都走上了正轨，他便有足够的时间来发展自己集邮的爱好了。

在聊天中我感觉烟与我一样有着淡泊的人生观点，他说："他愿意为自己的喜爱投入自己的所有，却不会浪费一分钱来做无用的事情。"烟有着极好的文笔，这是他最为值得骄傲和炫耀的地方，烟是快乐的也是阳光的，虽然已是人到中年，但经历并没有让他的心变得沧桑，他这样对我说："只要我们的心灯不灭，我们的前路便永远充满光明。"

我本是个安静而不爱聊天的女子，可因为烟的出现，我发现原来自己每天都会有许多话想对他说，我们会为一枚小小邮票的历史背景争得面红耳赤，我们会为一件事情达成的共识而开心大笑。语音里，我们会为对方唱彼此喜爱的歌曲，开心了我们会彼此大声地称对方为哥们儿。烟给我的印象，他就是一个君子，一个可交心、可交谈、做真诚朋友的哥们儿。

当接到昔日同窗好友兮兰的结婚邀请函的时候，我知道兮兰的婚礼我是一定要参加的，因为如果不是兮兰，我与子函不可能牵手成为夫妻。当知道我去的地方正好路过烟所在的城市的时候，我便答应了与烟的会面。

当烟把那枚“T28M”放进我的手中的时候，我内心的惊喜自然是不必提的，当烟把那束鲜艳的玫瑰花捧到我面前的时候，我脑海里关于“理智”的东西便一点点消失，当我们一起举起那杯红酒的时候，便注定了今生我将与幸福做最彻底的告别……

## 四

在我回家的第十天，子函终于回家了，从他的脸上，我看到了无限的落寞与疲惫。我不敢走近子函，更不敢走上前去牵他的手。我只是把自己深深地埋在沙发里，等待着子函对我做最后的宣判。我内心希望子函能大骂我一顿，能狠狠地打我一顿，而子函却没有，他的平静与冷漠让我害怕。

子函轻轻地走过来，牵起我的手：“孙子默，去洗把脸，我带你去个地方。”

我突然打了个冷战，这样的称呼，让我与子函之间就这样突然出现了一条永远无法逾越的鸿沟，我知道，我再也无法跨越到彼岸了。我摇了摇头，表示不洗脸了，因为我知道，洗去旧的泪痕，新的泪水很快就会再一次滴落到脸颊上。

子函带我去的是我们共同生活了四年的大学校园。在这里，我看到了与子函牵手前的点点滴滴。

其实刚刚入校的子函，便成了校园的焦点，就他爸爸送他来时开的那辆奥迪 Q7 便让学校里许多女孩子哗然。子函一米八多的个头，英俊、阳光又帅气，所以他的身边总是有许多女孩子围绕着。我与子函同班且同桌，我们的名字除了最后一个字不同，前两个字都是相同的，便有同学打趣说我们是兄妹，子函总是轻轻一笑。

许多女孩子都主动向他发起了爱情攻势，可我对他无动于衷，因为之前有太多富二代的负面报道，所以总感觉子函是纨绔子弟，可我的想法很快就被现实否决了。子函好学上进，门门功课都名列前茅。很快，我发现子函好像对我特别关注，每当我去邮局买邮票的时候，总是会碰到他也要去邮局。每当我们去大教室听课的时候，子函总是在我出现在门口的时候向我招手，让我坐到他的身边。每当我感冒发烧的时候，第一个心疼的肯定是子函，他会带着我去医务室。每当我晚上准备睡觉的时候，总是会收到子函的一条短信：“默儿，晚安，好梦，记得梦里有我。”对子函的爱情表白，我总是用一种淡然的态度来处理，因为我实在不想成为众多女孩子的情敌。

最先看不下去的，便是同室好友兮兰，她对我说："默儿，子函对你是认真的，你怎么不抓住自己的幸福，而想把自己的幸福拱手让给别人啊？我看得出来，你内心也是爱子函的，不对吗？"

兮兰的话提醒了我，对这样优秀的男生，我怎么会不心动呢，怎么能不爱上呢？从此，我接受了子函的爱情，也把自己的爱情给予了子函，因为我深信，我们之间的缘分，一定是前世便注定好了的。

当子函把我带回家，介绍给他父母的时候，他的父母也认同了我，因为在子函的父母看来，我是个漂亮、大方、得体的女孩子，他们更看中的是我的家庭背景，因为我的父母都是我所在城市的大学讲师，他们也深信自己儿子的眼光是不会看错的。我就这样一帆风顺地与子函恋爱、结婚、生子。

如果不是因为自己犯了无法原谅的错误，我的幸福将会一直延续下去，一直到白头。夕阳下，我与子函相依相伴的美丽画面，再也不会在我的脑海中出现了。

当子函在我们经常坐的学校湖堤边把离婚协议书拿出来的时候，我知道，我将为我犯下的错误付出最沉重的代价。子函给了我五百万，两个儿子归他所有。我把五百万推到了子函的手里："无论你以后与谁结合，都希望你能善待我们的儿子，我知道，我已经没有资格做你的妻子，也没有资格做孩子的妈妈，希望他们以后的生活是幸福快乐的。”

子函一把把我抱住了，抱得好紧，他说道：“默儿，为什么不求我原谅你？”

此时，我的心反倒冷静了下来，推开子函说道：“你是个完美主义者，你永远不会原谅我的。”

我转身狂奔而去。泪水无法洗涤我内心的懊悔，无法洗涤我心灵深处那最为肮脏的欲望的诱惑。一切总有终点，就像任何期待都不曾期待，直到结局迎面而来，一切已是尘埃落定。

## 五

收到简的来信，我便决定去韩国了，因为这里再也没有我可留恋的人与事了。可内心无法割舍的亲情，又使我情不自禁地偷偷回到了与子函生活了五年的城市，我想到学校门口去看一眼我的两个儿子，哪怕只是一眼也好，因为对他们，我已经是相思成疾。

入住的酒店的名字叫“梦桃园大酒店”，我知道这里是子函谈生意的时候经常来的地方，或许在内心里还是希望能偷偷再看子函一眼吧，所以我便住进了这个酒店。

我把自己独自抛在酒吧一角，用吸管轻轻地搅动着杯里早已凉透的咖啡。那舞台上的狂吼，那舞台下的狂舞，那灯光的明灭闪动，都与我的思绪无关，只是目光无意识地游弋在空中，没有思想，没有目标，有的只是哽咽与静默。突然一对疯狂搂抱在一起狂笑狂跳的人影从我的眼前闪过，我的心也跟着狂跳了起来，那男子好熟悉，他怀里的女子妖娆到了极点。

我的心不能自控地狂跳起来，我的手抖动得无法握住手里的吸管。那男子的笑，那男子玩世不恭的笑，那男子眼里的柔情，我认得的，那是烟啊！那明明就是烟，他为什么会在这个城市出现？我有一种站起来要立刻去追问他的冲动，可是我发现自己因为太过激动，像被魔法定在了原处一样无法让自己的身体移动半步。

可上天帮助了我，烟因为得意与酒精的作用，他拥着那女子竟然正好坐到我身后的位置上，烟与那女子夸夸其谈地说着：“知道吗，我最近发财了，一个富豪与我们酒店的女老板勾搭上了，为了达到与老婆离婚又不分割他财产的目的，便雇用了我去勾引他的老婆。他的老婆是个集邮爱好者，他把他老婆平时上网的时间与邮票的来历和知识背景全教给我，然后答应如果成功，就给我五十万。”

那女子问道：“你成功了吗？”

烟得意地大笑道：“当然成功了，做我们这行的，对勾引富家太太和小姐是最拿手了，瞧你现在不也是我的餐中美食了吗？”

那女子娇嗔地打了烟一下，烟的态度突然又认真了起来：“说真的，那个富家太太真的与你们不同的，在与她网上聊天的过程中，我真的有点喜欢她，她是与我上过床的最美的女子，与她一起销魂，真的是我一生都难以忘怀的。如果不是在花里放了点迷药，如果不是在酒里放了点春药，怕我也是无法与她上床的，因为她的淡泊、优雅与高贵都让我从内心觉得自卑与害怕。”

那女子也认真了起来：“我之所以出来找你们这些鸭子，主要也是为了报复我的老公，兴他整天在外面花天酒地，就不兴我出来销魂了，我才不愿意守着空房过一辈子呢，如果碰到真心爱我的，我会一分钱不要，就跟着爱我的男人私奔。”

我已经无法再听下去，他们的狂笑与放荡让我有一种如在梦中的感觉，可内心却是明明白白的，这一切的一切都是真实的，都是陷阱，理智对我说，我必须立刻离开这里，再不能在这里待哪怕是一秒钟的时间。

我奔走在这不夜城的空间里，远处的繁华依然，城市的夜色依然闪耀着暧昧的光线，包括星光与月光也总是被这样的氛围所感染。我任泪水恣意流淌，却无法洗去心中的无助与耻辱，这尘世间，总是有太多的诱惑让人无法自拔。我远眺前方，由近到远，一直是黑暗一片，而生命与这暗夜一样，像一个巨大的洞，吸纳着一切，贪婪得如同冷酷的饿兽。无比庞大，寒冷茫然。

## 六

剥茧抽丝，凤凰涅槃。在经历了三个月的思想与身体的双重折磨后，在父母无限的哀怨生气与大爱的包容之下，我离开了自己的祖国，去韩国找简。

在飞机场，妈妈紧紧地抱住我："孩子，知错就改，一定要好好珍惜现在的缘分，可怜了简这个孩子，得不到你的爱便出国了，一直到现在对你都无法忘怀，如果当初你选择了与简结合，那该有多好啊！"

其实我内心明白妈妈的意思的，可我除了点头，还是点头，因为我根本无法说话，一说话便是要先流眼泪的，对爸妈实在有太多的不舍。他们一生只养育了我这一个女儿，一直以来，在他们的呵护下我一帆风顺，当初父母是不怎么喜欢我远嫁到子函的城市的，一是子函的家庭地位太过显赫，他们怕我不能适应；二是怕子函的父母会因为两家地位的悬殊而瞧不起我；这第三便是最重要的一点了，那是因为他们的心里有简，一直以来简的优秀、英俊、博大与对我的深情厚谊让他们心动，他们从内心里希望我与简可以牵手一生。

我与简有着青梅竹马、两小无猜的情感。因为简的父母与我的父母同在一所大学任教，我们同一天出生在同一个医院、同一个病房，简比我早出生三个小时，因为这三个小时，他便理所当然地当着我的哥哥，从小学到高中，我一直受着他的保护与厚爱。可惜思想愚钝的我，情窦初开得太晚，把简为我付出的一切都当成了习惯，理所当然地接受了下来，一直到我与子函的爱情在他与家人的面前公开的时候，他竟然如孩子一般毫无体面地大哭了起来，我才知道原来简一直爱着我，不是兄妹之爱，而是关乎自己一生伴侣的精神寄托之爱。可惜我的初恋给了子函，可惜我与子函处在热恋之中，忽略了简的一切感受，独自享受自己的爱情与幸福去了。

从爸爸妈妈那里一直有得到简的消息，大学毕业后的简去韩国留学了，做着自己最喜爱的事业，成了一名优秀的整形医生。不知道在韩国大街上行走的美女们，有多少是简打造出来的。

飞机掠过中国的上空，天空的蔚蓝让我压抑的内心感觉到了前所未有的轻松与快乐，正如妈妈所说：“哪怕你杀了人，放了火，你依然是我的女儿，我依然会爱你，原谅你所有的过错。”

本来才刚过五十岁的二老，为了我的事情，一夜之间白了许多头发。我把所有的爱与恨、苦与痛都隐忍在内心深处，担下所有的耻辱与误解，因为我内心深深地明白，如果对父母说出实情，他们会拼了老命来保护我的清白，可这只能让我自取其辱，从心底明白商场与官场的钩心斗角，既然子函设计害我，定会把所有对他有利的证据握在手中，在金钱、权利与利益面前，爱情永远是不堪一击的。

当飞机平安降落在韩国首都机场的时候，简早在等候着我了。飞机里的温度与室外的温度差，让我禁不住打了个冷战。简脱下自己的风衣帮我披上，然后帮我提着行李向他的车走去。我望着简，几年不见，他越发显得成熟稳重。他还是如此温柔与英俊，与他在一起，总是会让人从内心感觉温暖与安全。

这三个月来，我已经把眼泪流干，所以看到温和的简，我是以微笑来面对他的，我不说，简也绝不会问我过去所经历的事情，当我向简提出想整容的时候，简摆着双手不同意：“这就是一张女神的脸，这世上再找不到第二张如此漂亮的脸蛋了，我无法对你的面容下刀。”

我知道，在简的内心，我的容颜一直是最美丽的，我也深深明白，我就是简心目中的女神，可是我坚持要简帮我整容。把现在的容貌完全改变了，我想活成另一个全新的自己，一个我自己都不认识的自己，从此这个世上再不会有孙子默的存在。

两年后，简对我说："子默，你真的就这样决定了吗？为什么不把内心所有的爱与恨都放下，我们在这里过着幸福的生活多好啊！"我看到了简眼眸里的担心与忧伤，但我去意已决："简，以后不要叫我子默，这个世上已经没有孙子默了。"

简无奈地摇着头。

我说："简，这些是定期发给父母的邮件，你要记得按时给他们发过去。这是我的电话卡，我已经录下了与他们每次电话的录音，这是我标出的给他们定期打电话的日期，记得到时给我父母打电话。还有，助理莫念小姐对你真的是用情很深，我希望你们能幸福地生活到一起。"

说这些话的时候，我不敢看简的眼睛，可这些话我是一定要说的。莫念是简的助理，一直喜欢和照顾着简。两年来，我一直与莫念生活在一起，我知道，也明白她的心思。

简果然因为我的这些话生气了："我的事情不需要你来操心，如果你真的要走，我也知道无法阻挡你。"

## 七

我的名字叫夏莫尘，是梦桃园大酒店的一名歌手。我的简历刚刚递到酒店老板白丽娜小姐的手里，便引起了她的注意，没有实习期，便直接录用我了。那是一份很诱人的个人简历：姓名：夏莫尘；年龄：25 岁；韩籍归国华侨，韩国某著名音乐学院高才生，在韩国一次全国性的才艺大比拼中拿全国第十名。

滚动的荧光灯与喧闹的场景一下子静了下来，台上只留了一盏聚光灯，静静的灯光洒落到我的身上，袭一身洁白的拖地长裙，一头长发披落肩下，独自抱着一把吉他，我在吟唱《雪人》："好冷，雪已经积得那么深，merry christmas to you，我深爱的人。好冷，整个冬天在你家门……"

或许是因为习惯了酒店的喧闹与繁华，一首如此安静的歌曲突然让人有点不适应。我的歌声落下了大概有半分钟的时间，台下才响起热烈的鼓掌声和口哨声。

我知道我成功了，我的歌声打动了两个人的心，第一个人是孙子函，他一直与白丽娜坐在一起，当我捧着吉他站到台上的时候，他的目光便再没有离开过我。当我把这首《雪人》完完整整地唱完的时候，他竟然呆呆地从座椅上站了起来，不鼓掌、不行动，整个人就那样呆在了原地。这首歌就是我精心挑选的，因为在上大学的时候，子函最喜欢听我唱这首歌，独自抚琴，独自吟唱，安静而美丽。

另一个男人便是掌握着这个城市治安大权的公安处的副处长行长风。因为我刚刚走到后台，白丽娜便亲自跑来找我，并直白地对我说有一个在她心目中非常重要的人物要认识我，现在正在 308 房间等我，我要亲自带你过去介绍这人让你认识。

在去 308 房间的路上，白丽娜向我说明了这人对这个酒店的重要性和他在这个城市的地位。白丽娜说："我们酒店的安全全要仰仗这个人，所以希望你能理解娜姐的苦衷，干我们这行的不容易，再说你在这里唱歌，如果没有可依靠和保护你的人，怕那些小混混和小流氓们也会对你骚扰不停的。"

这就是有心机的女人说话与别人的不同，当她想利用你达到目的的时候，她总是对你好话说尽，好像介绍我认识行长风不是为她着想，而是为了保护我的安全着想。我只是点头微笑，不做任何回答。

我知道今晚我是成功的，今晚我是万花丛中的一抹素颜，她们每个人的浓妆艳抹，妖娆如狐，正好映衬了我的素面朝天。我知道，我生来便不是妩媚而妖娆的女子，我不会主动用十指去环绕男人的身体，更不会撒娇卖乖去主动迎合男人。但我的美丽、清爽与干净却是我最好的武器。

我轻轻地敲开了 308 房间的门，行长风就这样微笑着站在了我的面前，形象与想象的相差了十万八千里。

## 八

我知道复仇的种子是用烈火、刚强、理智、赴汤蹈火与不顾一切作为阳光、雨露、泥土与温床的。

本以为行长风应该是一个五十多岁、挺着一个将军肚、架子十足的小老头，可是我想错了。他看上去也就四十岁左右，身材高大魁梧，如果按命相学来说，就是那种天庭饱满、气质优雅、风度翩翩的达官贵人相。

与行长风已经认识三个月了，我对他的不冷不热、不急不躁，倒让白丽娜有点坐不住了，她每次找我谈话总是在我面前说尽行长风的好话：“行长风不是个轻易动情的人，也不是一个感情随便的人，自从萍儿因车祸去世后，你是他第一个动心的人，所以希望你们两个有好的发展。”

面对白丽娜的焦急，我也总是含笑点头。其实我心里明白，如果他真的是感情专一的人，他便不会到这样的场所来找寻如我一般的歌女了，因为从他的口中我知道，他的妻子跟我的父母一样是大学讲师，儿子今年上高三，成绩优异，如果考试时能正常发挥，也将成为北大清华的一分子。行长风在外人眼里是一个好官、清官。但我知道，在这道貌岸然的背后，每个男人都希望自己手中的权力能充分被利用和认可，所以他选择自己所爱和所看上的妻子之外的女子来发挥自己的所长，给她们保护和足够的金钱，以便满足自己的权力欲与金钱欲。这不是爱，也不是如行长风口中说的对我一见钟情，只是利用与被利用罢了。我想利用的是行长风手中的权力，而行长风所想得到的是我的身体，仅此而已。

我知道萍儿一定是一个有故事的女子，在这三个月里，我了解到与萍儿最好的姐妹是凤儿，因为凤儿与萍儿是老乡。因为有心和用心，所以我和凤儿也成了好朋友和好姐妹。平时，无论与凤儿谈论什么她都会有问必答，但如果谈到萍儿的时候，她总是闭口，不再言语。从她的口中，我也知道个大概，萍儿是个四川妹子，性格直爽泼辣，长相漂亮甜美。可有一天她突然提出辞职，说要回家照顾年迈的父母，无论白丽娜怎么说服她，她都没有再答应留在这里，可就在她收拾了所有东西开车回家的路上，突然出了车祸，车子撞到高架桥上起火，车被烧得只剩下了一个外壳，萍儿也当场死亡。

凤儿要回老家看望父母了，我便也请了假对白丽娜说："娜姐，回来中国已经有些日子，手头也有了点积蓄，所以想去看看祖国的大好河山。"

凤儿坐上了飞往四川的飞机，而我对白丽娜说的是去哈尔滨看冰雕，所以行长风把我送上去东北的行程。从哈尔滨玩了两天回来后，我新办了一张电话卡，登上了去凤儿家乡的客机。凤儿在走之前对我说回到家要休息三四天，串串亲戚，然后去看萍儿的父母，我计算好了日子的。当凤儿接到我的电话，我说是因为想念她而来找她的时候，她着实意外和惊喜了一阵子。

萍儿的家在她这个小城里应该算是中等人家，装修得简单朴素。她的父母看上去六十岁左右，都已经退休在家。当他们看到凤儿的时候，抱住凤儿就落下了眼泪，两个人有诉不尽的对女儿的思念之情。三人抱在一起哭了好久才分开，我独自站着，自然是泪流满面。

萍儿是因为车祸去世，而车又因为剧烈撞击而着火，所以萍儿除了脚上穿的那双鞋是完整的以外，再没有为父母留下任何可以想念的遗物。所以她的这双鞋便成了母亲手里的宝贝，每当因为悲伤思念女儿的时候，萍儿的母亲就会把女儿的鞋子从衣柜里拿出来，捧在怀里痛哭不已。

夜色深重，凤儿和我陪伴着萍儿的母亲睡下，听她们都进入梦乡后，我才悄悄起身，走到衣柜前，把萍儿的鞋子拿到了手中，映着窗外朦胧而宁静的月光仔细看着。

从外到内，我没有发现任何有价值的线索，萍儿的鞋垫真的好漂亮，上面绣的是一对戏水鸳鸯，如果没有猜错，这应该是心灵手巧的萍儿自己绣的。我把这双鞋垫轻轻捏在手中，它柔软而温暖，我从头至尾仔细地摸着，突然有一个不大的硬硬的东西被我捏在了手中，我的心狂跳不止，此刻，这个世界上，只有我的心跳声是最大最响亮的。

第二天一早，我和凤儿跟萍儿的家人告别，因为我知道，我不能待太久。凤儿在送我的时候，把手伸向了我，我心领神会，把从哈尔滨买的手机卡放进了她的手中。凤儿接过，随手丢进了路边的湖里："莫尘姐，我虽然不知道你是因为什么来到这里的，但我希望你是平安、幸福的，不要和那个行长风走得太近，更不要爱上他。萍儿正是因为太爱他，才有今天这样的结局。更不要当面反抗白小姐，因为记得有一个男歌手总是在她面前露出一副无所谓的样子，总是表现出白小姐像是有什么把柄在他手里握着一般，结果那个男歌手就莫名其妙突然失踪不见了。我这次回来，不准备再回去了，我想守在爸爸妈妈和萍儿的父母身边，因为这世上再没有比亲情更重要的东西了。”

我终于明白，为什么一直没有找到那个网名为烟的男子了。

## 九

我下了飞机，立刻打开手机，结果里面全是行长风和白丽娜呼我的电话提示和短信提示。我给行长风回了电话，让他来接我，他在听到我的声音时，声音竟然有些颤抖：“莫儿，出什么事了，怎么到现在才来电话？打你手机关机，短信也不回，担心死我了。”我笑着对行长风说道：“到机场来接我吧，我因为太过想你，提前回家了。”

我知道要想接近真相，我就要走近，要想走近，我必定要付出代价。道理就是这么简单，当我把那片药丢进红酒里轻轻搅拌的时候，我的身体再一次燃烧了起来，为欲望、为诱惑、为看不清摸不透的前路。

我把那束蓝色妖姬的花瓣一片片地摘下，撒落一地，站在花瓣中间一件件地把自己的衣服褪去，双手轻轻拉住行长风的领带，然后帮他解开，用唇轻咬住他的耳朵，然后把口里的热气轻轻地吹到行长风的脸上。行长风怎能抵得住这样的诱惑，他轻哼一声："这一天我早就等得迫不及待了。"

然后他把我抵到了沙发的角上，用唇寻找着我的唇。在我的呜咽与尖叫声中，我把行长风一次次送到了云端与惊涛骇浪之中，任他嚣张、任他驰骋。

窗外寒风嘶叫，白雪飘舞，被风吹动的窗帘在上下翻滚舞动。这南方的冬天，一样让人冷得刺骨，心也跟着被冻结。生命的长河被寒风吹裂开了一个无底深洞，当我们想用欲望、利益、心计、繁华与喧嚣来填充它的时候，却发现这洞越来越深，我们深陷其中，无法自拔。

我从梦桃园搬进了行长风另一所房子里，在打开衣柜放自己的衣服的时候，我发现了一双与我那夜见过的一模一样的大尺码的鞋垫，那对戏水鸳鸯如同鲜活的生命，用手摸上去，柔软又温暖。

我不知道这世上到底有多少说不尽的故事、遇不尽的巧合，如果再加上人为的故意安排，那么这世上的巧合将会更加多。

因为有行长风的庇护，我除了自己的工作之外，白丽娜从来不会再另外安排别的工作给我，更不会介绍客人让我去陪。行长风是个公众人物，工作忙不说，更是要处处维护自己的公众形象，所以我有很多时间可以自己支配。

今天是西方的圣诞节，我知道每当这一天，便会有一对双胞胎的男孩儿牵着妈妈的手，让妈妈请他们两个到拉姆店里吃儿童套餐，当然他们的目的不是为了吃，而是为了圣诞老人送的那些精美的玩具。可是现在这样的幸福却距离我如此遥远，每每想起，就会让我泪流满面，魂牵梦萦。

都说南方的雪来得快去得也快，因为她太过温柔与温婉，像极了一位害羞的新娘子。但今年的南方却是异常寒冷，好像要把人冻僵了一般，几场大雪下来，把南方的这个美丽的城市点缀成了白色的世界，不融、不化。老远便看到拉姆店前那个巨大的雪人戴着一顶圣诞帽，像极了一位和蔼可亲的圣诞老人。那《铃儿响叮当》的歌声欢快而悦耳，把自己也带回了童年，带回到了爸爸妈妈的身边。

走进店里，空调开得很足，很温暖，我点了一份套餐，找了一个靠窗的位置坐下，静静地等待着。我走的时候，大嘟和二嘟都才刚刚上幼儿园小班，想来现在他们都是小学一年级的学生了。这些年来不知道他们长高了没有？吃胖了没有？他们开心吗？快乐吗？会在睡梦中叫妈妈吗？

许多个设想在自己内心不停止地转动着，门口就出现了四个熟悉的身影，我还是无法控制地一下站了起来，半张开嘴，却是无法说话。倒是子函先看到了我，他以为我看到了他，是站起来向他打招呼的，便拉着两个孩子的手走了过来，然后拍着两个孩子说道：“大嘟、二嘟，这是夏莫尘阿姨，快叫阿姨。”

两个孩子礼貌地一起对我叫道：“夏阿姨好。”

我俯下身把两个孩子揽在了怀里，眼泪便一下流了出来。可奇怪的事情是两个孩子看我这样的表情并没有害怕，乖巧的大嘟竟然还伸手帮我擦眼泪。这一幕让子函与孩子的奶奶惊呆在了原地。我也从失态中反应过来，于是对孩子的奶奶说道：“阿姨好，因为一个人在这里，所以今天想家了。”

孩子的奶奶在看到我的第一眼，眼睛里便充满了困惑。子函偷偷对圣诞老人说了一会儿话，不一会儿，圣诞老人便把礼物送给了两个孩子，他们开心地一边吃，一边笑，一边玩。两个孩子长高了，也吃胖了，比我走的时候要高出一个头来了。他们视妈妈如陌路，在他们的童年里，没有“妈妈”这两个字的存在，我就这样呆呆地远望着他们，任泪水无声流淌。爱与恨交织在一起，把我的心绞成了碎片，洒落一地，却是无声无息。

他们在要走的时候，子函又把两个孩子领了过来，让他们与我道别，我站起来把自己精心挑选的礼物送他们。两个孩子惊喜地接过玩具："谢谢阿姨，我们好喜欢。"

我目送着他们走远，便也起身走出店门，准备回去。可我刚刚走到路边的时候，却被一个人叫住："夏莫尘。"

回头望去，是孙子函把头探出车窗，微笑着和我打招呼。

## 十

一时不知道应该怎样面对子函，他却把车开到我身边对我说："我送你一段路程吧。"

我知道，此时是不能拒绝他的，也没有理由拒绝，便没有客气地上了子函的车。

"夏小姐，你像极了某人。"

我故意装作好奇地问道："噢，是吗，我像谁啊？"

子函："今天妈妈也说你像，眼睛和身材包括声音，与她无二。"

我便做出更加好奇的样子："那快说我像谁啊？"

子函："我的前妻孙子默，有时候我感觉你们其实就是一个人。"

其实我的灵魂已经飞出了身体之外，突然与子函的单独接触，我还是后怕，因为设想过无数种与他单独接触的画面，都不是今天这个样子。因为我想到的是怎样在白丽娜的眼皮底下勾引他、诱惑他，可他面对我时却是如此镇定，他竟然与我谈起了他的前妻。

我的眼睛里有一团火在燃烧，那是入骨的恨，感觉有一股股凉气从自己的后背冒了出来，我的身体与手都禁不住抖了起来。

可这个时候车停了下来，我抬起头，我看到车停的不是我住的地方，也不是梦桃园大酒店，而是蓝海公寓，是我在梦里回来过千万次的地方。

子函下车为我打开了车门："很冒昧地带夏小姐到我家一坐，你不会生气吧？"

此时的我也镇定了下来，微微一笑道："既然都带来了，那就请子函先生带我进去吧。"

这里的每寸泥土、每一株花草都留有我呼吸的地方，怎么能不熟悉，怎么能不怀念？我随着子函进到房间，房间还是如此干净，装饰与原来没有任何的变化。

子函："我也很少回来的，这个家是老张夫妻一直帮我打理着。"

怎么能不知道老张头呢，他是从农业局退休后被我招来，专门为我的花园栽花种草的一个善良又慈祥的小老头，因为他的儿子不怎么孝敬他，所以后来我让他的妻子一起搬来与他住在公寓里。正是因为他我才懂得了许多花草的知识，正是因为他的妻子，才教会我做许多网上无法搜到的菜式。那时的生活是如此宁静、平淡而幸福，一颗心从不设防，也不会设防。

我走到窗前，暗夜的灯光无法让我看到海浪，却可以随着风声听到海浪的低吟浅唱。子函也轻轻地走到了我的身后：“子默，默儿。”

他直呼着我的名字，我的身体一下僵硬了起来，我不回答他，也不敢转头看他。

子函：“我知道你就是默儿，从看到你的第一眼，我便知道你是默儿，所以今天有机会和你说话，我想请你用最快的速度离开这个城市，越远越好，不要再回来，永远都不要再回来。”

可恨意立刻充满了我的内心，我转过头来，直视着子函的眼睛：“子函先生，请你看仔细了再叫，我不知道你与前妻之间到底发生了什么，但我不是你的前妻，我的名字叫——夏莫尘。”

子函却一把拉住我的双手：“不，你就是子默，今天在你送给两个孩子礼物时，你手心里那点红色小朱砂已经向我说明了一切。还有两个孩子平时很少亲近陌生人的，但他们不排斥你，离开你后，他们竟然对我说他们好像闻到了妈妈的味道。”

没想到子函竟然对我观察得这么仔细，在我一时无法回答他时，子函突然捂住了胃部，然后头上便有汗珠滚落下来。我知道这是子函的胃绞痛又犯了，我没有思索，直接跑进客厅的茶几前，打开了中间第二个抽屉，然后把药拿在了手中，可是当我把药拿在手中的时候，我却愣在了原地，我在向子函证明什么呢？我在向他证明，我就是孙子默，一个出国整容回来的孙子默，一个回来复仇的孙子默？

就这样，在一切计划刚刚开始的时候，我便把自己完全暴露在了孙子函的面前。孙子默，你就等死吧，无论你是叫孙子默还是叫夏莫尘，你永远都只是一个没有心计、无能而自作聪明的女人，一个永远被伤害而不会保护自己的女人。

可一切都不容我再细想，子函的脸色蜡黄，额头上的汗珠开始往下滚动，身体蜷缩在一起不停地发抖着，他命令我道："子默，要么你现在就杀了我，要么你就快点离开这里。"

此时子函的手机突然响起，是白丽娜打来的："亲爱的，你在哪里，怎么还不回来？"

子函无力地对白丽娜说道："你来接我吧，我没力气回去了。"

然后他挂了电话，用痛苦的表情再一次命令我离开。

我拎起包，丢下子函用最快的速度离开了蓝海公寓。我心里明白，此时的子函是我无法救治的，能救治他的只有一个人，那就是白丽娜。子函不是犯胃绞痛，而是犯了毒瘾，子函竟然在吸毒？什么时候？为什么会这样？这一切到底是为了什么？子函竟然在吸毒，这是千真万确的事情！我在内心问了自己一千个为什么，却还是无法理清头绪，找出答案来。

我奔跑到大海边，伴着怒吼的大海，疯狂地喊叫起来。

每次有客人去白丽娜那里喝茶，她都会给客人提供自己进来的中华烟抽。暗地里，姐妹们都悄悄叫这种烟为麻烟，如果吸食多了或者久了，便会有依赖性。行长风也抽这个烟，每去必抽，每次也都是我帮他点燃的，在吸的时候，他们不会一根一根地抽，而是把烟叶从烟里拿出来捏碎，然后从一个精致的银盘里拿出一个翠绿色的翡翠烟斗，把烟叶放进去，然后点燃，这个时候烟叶便会冒出淡蓝色的微光，每次行长风吸食一袋之后，总是会表现出非常快乐和满足的样子。但这种烟无论怎么抽，也不会有子函这样的反应，如果时间久了，不抽会想念，真不抽也就过去了，因为我问过行长风，行长风总是说："要想念你多一些。"

迷茫与困惑让我无法思考，这样的感觉与痛苦真的有种想要结束自己生命的想法。我回来做什么的？为什么面对子函的时候，我还是无法保护自己，我不是恨死了他吗？回来不就是为了找他复仇吗？那爱深刻到刻骨铭心，那恨恨到咬牙切齿，四年的恋爱、五年的婚姻生活，我把人生最美好的青春年华给了他，可他却选择用陷害的方式来结束我们的婚姻。

可面对他的时候，面对他疼的时候，我选择的却是救治他，而不是去伤害他，当他要我从那个曾经的家走开的时候，我却还是习惯性地听了他的话。如果从我来的第一天他便认出我了，为什么这半年来，他却从不主动找我或接近我，而是任由我与行长风成双成对地秀恩爱？这一切到底是为了什么？我感觉有一双无形的手在控制着我，控制着子函，而那双手是力大无比、法力无边的。

远处的灯光与雪花共舞，无名歌手的即兴歌曲随风飘来，这样的歌词没有曲，或许连歌者唱过后，便也忘记词了，但这样充满忧伤与情感并用灵魂唱出来的歌声，却总是最能打动人心，《空城》："这繁华的都市，依然灯火通明，一颗爱你的心，因受伤太深，变成了一座空城。喜欢，已经到了一种极致，哪怕是体无完肤。这世间，繁华落尽的背后，是不是尘埃落定的归宿？伸出手，我已经无法握住幸福，爱走了，情远了，我的心因为静寂，变成了一座空城。寒风里，路灯下，只留下我的孤影，任泪水凝结成冰。寒风里，路灯下，只留下我的孤影，任泪水凝结成冰。"

## 十一

与行长风在一起的时间久了，我便也慢慢摸索出他行动的规律，只要子函的进口原材料一到，他准会接到白丽娜的电话，然后亲自去帮子函提货。开始我以为子函的公司也被白丽娜掌控了，但我慢慢发现，白丽娜根本就不被子函的父母承认，再加上子函的爸爸本就是本市有头有脸的人物，所以白丽娜还没有这个能力来控制子函的财产。

我很了解子函父母的为人，他们的思想是正直的，子函的父亲是一个儒商，并且近十几年来是全国人大代表，他更是一个有大爱之心的人，创办了自己的慈善机构，所以他们是不会接受白丽娜这样的女人的。

经过几次电子超市的走访，我终于知道萍儿留下来的那张卡是一张微型内存卡，在导购小姐耐心的手把手的教导下，我终于学会了怎么应用和读取它。在行长风的房间里，我是不敢偷偷来读的，我很了解他的为人。在白丽娜的酒店里，我更找不到可以独处的空间。如果这些理由都还牵强的话，其实我是从内心里感到害怕，萍儿丢了命也要珍藏的东西，对她来说一定比她的命还重要，现在能落到我的手里，便是冥冥之中上苍的安排，我怎么能在不确保它万无一失的情况下轻易打开呢？

一天早上，行长风在走的时候对我说道：“莫儿，临近年关，我越发忙了，这几天怕回不来了，你自己要注意安全，真不行晚上就不要回来住了吧，我跟白小姐说，让她多照顾你。”

我轻轻地在行长风的额前亲了一下说道：“不用，我都是大人了，白小姐这么忙，不要麻烦她，我会照顾好自己的。”

我从衣柜里拿出行长风的那双鞋垫，我把自己藏在被窝里，这里记载的是萍儿出事前的日记，并且日志的主要部分记录了她在梦桃园工作近三年来的生活。这是证据，只是她不知道用什么办法送出去，或者不愿意送出去的证据：

我有预感，我的生命将不会长久，我不知道这张内存卡会追随我的生命而去，还是会被上苍安排能重见天日，但善良对我说：“我必定做出选择，爱让我疼到无法呼吸，面对白丽娜和行长风对我的恩情，我不知道自己应该何去何从。”

三年前，从音乐学校毕业刚涉足社会的我，心如一张白纸，没有任何人生色彩的渲染，我很快乐地唱歌，很快乐地生活。直到有一天妈妈打来电话说道：“爸爸心脏病复发，需要巨额的手术费。”我的眼泪被白丽娜发现，她便把二十四万块钱放进了我的手里，我带着父亲去北京做了心脏搭桥手术，父亲的命保住了，白丽娜是我的恩人，今生做牛做马也要报答她的恩情。

不久白丽娜介绍我认识了行长风，他的风度翩翩、成熟气质以及他的谦和与幽默，总是让我喜爱不已，我知道我深深地爱上他了，心甘情愿做他的情人，因为是深爱，所以无所求。不久，他还在我们当地县城帮我父母买了房子，让我父母从农村搬到城里来住，然后又帮哥哥找到了一份工作。行长风在我心目中就是神，一个无所不能的神。他能把我所想、所要的像变戏法一般全部实现。

我就这样让自己独自陶醉在自以为是的幸福之中，直到有一天，白丽娜跑来对我说："她真心爱上了一个男子，希望我能帮她。"

× 年 × 月　阴有小雨

白丽娜喜欢上的男子的名字叫孙子函，我知道这人的名气的，为人也正派。白丽娜几次主动接近他，都被他微笑拒绝，越是这样，白丽娜便感觉他越是值得爱。每次来，孙子函也就只找我给他们服务，所以白丽娜便让我把中华烟拿给孙子函抽，其实我知道白丽娜在烟里是做了特殊加工的，但白丽娜对我有恩，我也只有选择沉默，从此自己的良心便一刻也没有安稳过。很快孙子函便对我们这里的中华烟上瘾了，没有客户的时候他会自己跑来，白丽娜开始自己照顾他了。

白丽娜是真心爱上了孙子函，她的情绪会被孙子函所左右，这是一个恋爱中的女子所表现出来的情绪，如我一样会被行长风的情绪所左右。但白丽娜就是白丽娜，她不是一般的女子，她会想办法把自己所爱的人控制在手心，孙子函便这样被她所控制了。白丽娜说视我如亲妹妹，所以她什么事情都不会隐瞒我。

× 年 × 月　晴

白丽娜给孙子函两条路做选择，要么她想办法让孙子函的妻子从这个世界上消失，要么就是想办法让他的妻子自动离开他，与他离婚。否则她便不再提供货源给孙子函。我知道孙子函夫妻恩爱，有一双可爱的儿子。孙子函也曾经试着自己戒毒，曾经两天两夜没有到梦桃园来，白丽娜急得如热锅上的蚂蚁，拉着我去找孙子函，她说：“如果找不到孙子函，我就去死。”

结果最后我们在孙子函的公寓里找到他了，他躺在床上痛苦地呻吟着，整个人变得如鬼一般让人害怕。他看到我们，大声怒骂着让我们离开，白丽娜便含泪说道：“如果你这次真的戒毒成功，我发誓将永远不会再与你纠缠。”然后她转身离开，可当白丽娜装着要离开的时候，孙子函却一下跪在了白丽娜的脚下说道：“娜娜，我痛苦万分，以后你说什么，我便做什么，快把白粉给我吧！”

感觉人的私欲真的好可怕，孙子函是有头有脸要面子的人，但面对毒瘾，他选择了后者，他祈求白丽娜给自己的妻子一条后路，用陷害妻子对他不贞的办法，让自己的妻子含辱而去。

× 年 × 月　阴

我的内心越来越害怕了，行长风是白丽娜的保护伞，我内心总在想，为什么黑道的人这么猖狂呢？他们不怕吗？现在才终于明白，答案是他们也怕的，所以他们便找了白道里有头有脸的人一起下水，行长风便是被拉下水的人。

因为白丽娜利用了寒言（从这里我才知道烟的真实姓名），所以他总是一副不在意、不服管教的样子，白丽娜便雇了杀手，让他消失了。白丽娜给了杀手十五万，是我交到杀手的手里的。

× 年 × 月　阴

孙子函被白丽娜完全控制住，她在利用孙的进口材料做贩毒的生意，国外也有白丽娜的眼线。行长风从中提成，海关检验科科长与行长风是同学，他们的关系网真的好庞大，我也越来越害怕，因为他们谈论这些的时候从来不避讳我，白丽娜也没有想过我会背叛她，可是看着一个个官员在白丽娜的酒店里堕落，一个个家庭在这里破碎，我的良心无法忍受。可一颗爱行长风的心又使我矛盾重重，我不想在这里做了，我想回家，回到父母的身边。

我第一次向白丽娜提出辞职，被她拒绝了，行长风知道后，第一次对我发了脾气，说我是忘恩负义的婊子，然后又抱住我对我说道：“我做这一切都是为了你，为了多挣点钱给你，让你有一个幸福美好的未来。”其实行长风的钱已经够多的了，为什么还是为了钱而不要命呢？我哭着求他收手，可他却摇着头说：“已经没有回头路了。”

× 年 × 月　晴

今天白丽娜让我去送货，我心里害怕到了极点，我不知道人为什么会有这么大的金钱欲望，对这生不带来、死不带去的东西为什么会不要命了也要多挣？我真的不明白。这一包包白粉，为什么会对人有这样大的诱惑力？我看到过孙子函的痛苦，却无法帮他解脱出来。如果他不是生在有头有脸有地位的家庭，如果他不是这个城市有为的年轻企业家，如果他不是有这么多的光环照耀着，我相信他会不顾一切地离开白丽娜的。

× 年 × 月　晴

白丽娜再一次要我去送货，我便提出这是最后一次，再不想做昧良心的事情了，我要回家，要回家照顾自己的父母。我第一次被白丽娜威胁：“你知道这么多，你认为你走得出我的酒店大门吗？”

白丽娜几次提出要带我去制中华烟的工厂看看，都被我拒绝了，我知道那是白丽娜的制毒场所。

×年×月　晴

我绣了两双鞋垫，一双小的我穿，一双大的送行长风。与他做最后的告别，并求行长风让白丽娜放我回家，我保证什么都不说。行长风答应了，他说：“我爱你胜过我的生命，我不想你整天生活在痛苦之中。”

在行长风的帮助下，我终于可以离开梦桃园回家了。虽然离开他是一件痛苦的事情，但想到自己只有二十二岁，真的不想再过这样的日子，金钱是永远无法买到亲情与真情的。

日记到此戛然而止。萍儿是聪明的，也是善良机智的，她已有预感自己是走不出这座城市的，一条鲜活的生命也到这里结束了。正如萍儿所说：“一颗贪婪之心，是多么令人可怕啊！”从中我也明白了，子函为什么在酒店视我为陌路，他是在保护我。也感谢行长风，因为有了萍儿的经历，所以他很少与我谈与白丽娜合作的事情，白丽娜便也对我放松了警惕。

我知道这张卡片应该交到谁的手里，我打通了一个在内心生根的手机号码，很快那人便接听了。

## 十二

是的，我拨通的是子函爸爸的电话号码。因为他的这个号是家庭私号，二十四小时开机，也只有子函、婆婆和我知道这个号码。我刚刚开口叫了一声“爸爸”，眼泪便顺着脸颊流进了嘴里，又涩又咸。

子函的爸爸先是一愣，然后问道：“你是谁？”

“爸爸，我是子默，我要立刻见到你，我有重要的事情要对你说，你现在在哪里？”

我很快在子函爸爸的办公室见到了他，为了节约时间，我把我的手伸给老人看，老人却对我说道：“不用看孩子，从你走进来那一刻，我便知道是你了。”

那一声“爸爸”让我再一次哽咽了，我把那张微型内存卡放进老人的手里，然后让他读里面的日志，老人显然被里面的内容震惊到，他的身体在发抖，声音也变得激动起来：“没想到，没想到，我的子函竟然在吸毒贩毒。”

可老人毕竟是有见识有主见的人，他很快冷静下来，然后拨通了公安处处长苏子明的电话。

我告别老人准备回到梦桃园大酒店，可老人却牵着我的手说道:“默儿，别回去了，一切由公安部门来处理吧，还是你的安全最重要，两个孩子失去母爱的时间太长了，好好休息一下，去陪伴两个孩子吧。”

我扑到老人的怀里，忍不住如孩子一般哇哇大哭了起来，这样的关爱，这样的亲情，距离我如千年一般遥远，今天，它却就这样又回到了我的身边，怎么能不让我感到幸福，怎么能不让我流泪呢？能得到老人一直不变的爱与关怀，死我也心甘了。可我还是决定回到酒店，因为我怕行长风与白丽娜会因为我的突然失踪而起疑心，并且我知道我要帮公安部门找出白丽娜的制毒工厂。再就是我担心子函，牵挂着子函，哪怕远远地看他一眼，知道他还安全，我便是幸福快乐的。

正如白丽娜所说:“越是繁华热闹的地方，越是安全的。”在几次悄悄的跟踪中，我发现白丽娜的制毒工厂就在她地下车库的第三个门里暗藏着，因为那第三个门是白丽娜自己停车的位置，外人的车从来不会停在里面。每次白丽娜带人进去后，都会抱出十几条中华烟来，从明里看好像是她刚刚提货回来。其实在车库里还有一个暗门，下面便是制毒工厂了。绘制好了从大厅到地下车库的地形图，我很快把它交到了公安处处长、重案组组长苏子明的手里。

苏子明说道："收网的时间到了。"

因为他们也知道今天子函的材料要运送到港口了。

## 十三

白丽娜正在看我化妆，然后交代一些我今晚演出的小细节，可就在此时她的手机突然响了，我听出是行长风的声音："白小姐，你快点把夏莫尘找到，控制住她，她就是孙子函的老婆孙子默，我们的事情全被她告密了。"

话说到这里，行长风的电话里突然传出非常杂乱的声音，接着便被挂断了。我一下便愣在了原地，我不明白是哪个环节出了差错。此时重案组的两路人马应该有一路快到港口了，另一路也快到梦桃园大酒店了，可为什么行长风知道这个消息这么快呢？如果他逃跑了怎么办？

就在这转念之间，我的反应还是比白丽娜慢了半拍，她随手抓起了化妆台上的一个化妆刀片放到了我的脖子上，然后挟持我向她的卧室走去。我刚刚走到门口，便与正好冲进来的子函打了个照面。

子函一看到这样的情形，知道我的身份暴露，他的急切、紧张与焦虑全写在脸上：“白丽娜，你放了子默，我愿意做你的人质，是杀是剐由你。”

子函想救我的心是如此急切，我知道，他一直是深爱着我的。孙子函的话犹如一把利刃扎到了白丽娜的胸口：“孙子函，如果我没有爱上你，我便不会活得这么辛苦，也不会有今天这样的场面。你靠边站，如果再不让开，我现在就割断夏莫尘，不，应该是孙子默的主动脉。”

然后她的手一用力，我的脖颈就被刀片划伤，鲜血染红了我的白裙子。子函知道白丽娜是个说到做到的人，便无奈地让开了道。

酒店外传来了刺耳的警笛声，然后大厅里一片嘈杂，随后就听到警察命令大家原地蹲下、不许乱动的声音。白丽娜迅速地把我劫持到她的卧室，然后关上了卧室门，孙子函被关到了门外。

白丽娜走到床前，从床头柜里拿出了一把手枪，然后顶在了我的胸口上。

子函拼命地砸门，大声呼叫：“白丽娜，你放了子默，你千万不要伤害她，如果你放了她，你说什么，我做什么，好不好？！”

子函在哀求白丽娜。

此时的白丽娜是狰狞的，是恐怖可怕的。她因为恼羞成怒脸也变得扭曲起来：“孙子函，我为你付出这么多，竟然换不来你的爱，换不来你的心，此时你心里想的还是孙子默，竟然无视我的痛。那好，我成全你，今天就成全你。”

白丽娜对着房门大声怒吼道。

我从刚刚的震惊与害怕中走了出来，微笑着直视白丽娜的眼睛：“白小姐，你不会爱任何人，你也永远不懂得爱是什么。在你的内心除了索取、贪婪与永远无法填满的欲望之外，便再无其他。真心相爱的人，只有对彼此的付出，不会索取，你只是把子函当成了一个物件，当成只属于你自己的物件，由你摆布，任你控制，其实，这不是爱，你控制的是子函的身体，但你永远无法控制他的内心。”

白丽娜吼道：“你给我闭嘴，不许你再说了，我知道，我今天是走不出梦桃园大酒店了，感谢上帝，在我临死的时候，送给我一个垫背的人。”

我看到白丽娜因为暴怒额头上的青筋都迸了出来，有汗珠从她的额头滚落下来。

门外突然传来一个严厉的声音："白丽娜，我是公安处处长、重案组组长苏子明，我限你在最短的时间内把门打开，释放人质，你有什么条件尽可以提出，希望你争取宽大处理。"

这声音威严又响亮，但此时白丽娜已经失去了理智，她也深知自己的后果，没有再多说一句话，对着我的胸口扣动了扳机。

两声枪响几乎重叠在一起，我应声倒在血泊之中，另一声是苏子明的果断决定，用枪打开了房门，破门而入，白丽娜跃身跳下了梦桃园二十一层的大楼。

喧闹的世界突然安静了下来，我看到门外我的爸爸、妈妈和简一起跟在子函的身后涌了进来。这才明白，原来我因为一心想窥探白丽娜的秘密，而忘记了与简联系，简因联系不上我而担心我的安全，所以他回国后把我所有的经历讲给我父母听，父母便与简一起报了警，正是这个环节的疏忽，让行长风知道了我的身份和来历，也正是他们的举动差一点坏了大事，还好苏子明来得及时。

我躺在子函的怀抱里，鲜血如决堤的洪水不断地从我的胸口涌出，望着这个世界，我最挚爱的人都来到了我的身边，对着他们，我深情含笑，许久以来，我的人、我的心都没有好好休息了，我想，我要睡觉了，我要好好地长长久久地让自己睡一觉。

## 十四

半年后，孙子默感觉自己睡了好长好长的一觉，脑海里闪现的是与孙子函上学时的浪漫，是两个儿子亲吻自己时的感动，终于她努力地睁开了眼睛，她看到自己日思夜想的亲人们都在自己的身边，然后，孙子默对着他们笑了。